中国散文 60 强

思 望

韩小蕙 / 著

北京联合出版公司
Beijing United Publishing Co.,Ltd.

图书在版编目（CIP）数据

思望 / 韩小蕙著. -- 北京：北京联合出版公司，
2024.8. --（中国散文60强）. -- ISBN 978-7-5596
-7829-4

Ⅰ. I267

中国国家版本馆CIP数据核字第2024D4E015号

思　望

| 作　　者：韩小蕙
| 出　品　人：赵红仕
| 出版监制：张晓冬
| 责任编辑：孙志文
| 特约编辑：和庚方　张　颖
| 封面设计：立丰天

北京联合出版公司出版
（北京市西城区德外大街83号楼9层　100088）
三河市同力彩印有限公司印刷　新华书店经销
字数150千字　650毫米×920毫米　1/16　14印张
2024年8月第1版　2024年8月第1次印刷
ISBN 978-7-5596-7829-4
定价：65.00元

版权所有，侵权必究
未经书面许可，不得以任何方式转载、复制、翻印本书部分或全部内容。
本书若有质量问题，请与本公司图书销售中心联系调换。
电话：17710717619

"中国散文60强"丛书

编委会

丛书总策划

  张　明　　著名出版人

编委主任

  邱华栋　　全国政协常委

      中国作家协会副主席、书记处书记

编　委

  叶　梅　　中国散文学会会长
  陆春祥　　中国散文学会副会长
  冯秋子　　中国作家协会原社联部副主任
  吴佳骏　　《红岩》编辑部主任
  张　英　　资深媒体人
  文　欢　　作家、资深编辑

中华散文的文脉与发展

——"中国散文60强"总序

邱华栋

中国是诗的国度,亦是散文的国度。

穿越千年时空,从明清至唐宋,再由魏晋南北朝至两汉先秦一路回溯,汉语言文学中的散文实乃根深叶茂,硕果累累。无论是"唐宋八大家"之雄文美文,还是骈俪多姿的辞赋,以及名垂史册的《史记》《左传》,均为中国文学史上的璀璨明珠。"散文"与"诗"一道,成为中国文学的"嫡系"。尽管,后来从西方引进嫁接技术所催生的"小说",大有"喧宾夺主"之势,终究还得"认祖归宗",血脉和基因是无法改变的。

在中国散文流变历程中,曾出现过两次鼎盛期。一次是被文学史家所公认的"先秦散文"时期。其时,伴随着春秋时期的思想解放,诸子蜂起,百家争鸣,一大批散文家以饱满的气血、驳杂的学识和破茧的精神,创造出了散文的繁荣和辉煌局面,对后世产生了极大的影响。

到了"五四"时期,中国散文迎来了第二次鼎盛期。白话文如劲风激浪,吹刮和涤荡着神州大地。沉睡的雄狮醒来了,偃卧的小草开始歌唱。许多学贯中西的进步文人,肩扛文化变革的大纛,冲锋陷阵,掀起了一波又一波的新文学浪潮。《新青年》上刊载的散文,犹如一束束亮光,不但给人以希望,还给人以力量。"五四"以来的散文作品，无论是观念和主题，还是形式和风格，都跟以往的散文迥然不同。最具代表性的，当属鲁迅先生的散文（包括杂文），其刚健、凌厉的文质，疗救了中国散文长久以来颓靡不振、钙质疏流的顽疾。此外，周作人、郁达夫、朱自清、萧红、沈从文等一大批作家的散文创作亦各具特色，呈一时之盛，影响深远。

时代的前行催生了文学的发展，然而文学与时代有时并不同步甚至充满了"张力场"。"五四"的个性解放虽然催生了一批个性鲜明的散文精品，但这样的生态并未持续多久，中国散文的波峰出现了向低谷滑行的趋势。有论者指出，"散文在50年代既是对解放区散文文体意识的放大，又是对五四散文文体精神的进一步偏离。这种放大和偏离表现在个体性情的抒发让位于时代共性或者时代精神的谱写，政治标准优先于艺术标准，批判性为歌颂性所取代等诸方面。"（董健、丁帆、王彬彬《中国当代文学史新稿》）1960年代初，散文创作一度出现了活跃，"专业"从事散文创作的作家群凸显出来，刘白羽、杨朔、秦牧相继登场，迅速成为散文界的三位名家。但他们的作品后人评价褒贬不一，认为其中颂歌式的写法较为单向，这种模式化的写作，不但对散文的建设毫无益处，反而扼杀了散文的个性和神采。

"文革"十年，中国散文更是一片凋零和荒芜，乏善可陈。1970年代末，一些历经浩劫的作家开始复血，解除思想枷锁，重新拿起笔来写作，中国散文才又凤凰涅槃，焕发生机。加之各种文学刊物纷纷复刊和创刊，以及大量西方文化读物的译介出版，更为这些饥渴、桎梏太久的散文作者提供了登台亮相的舞台和瞭望世界的窗口。

1980年代初期，伴随改革开放的热潮，思想解放大旗招展，文化随之繁荣，诸多承续"五四"精神的作家以笔为旗，抒发胸中压抑既久之块垒，出现了一批抒情性质浓郁的散文，使得现代散文这块"百花园"芳菲争艳，蔚为大观。特别是1980年代中期，随着作家主体意识的不断强化，中国文学开始呈现出一个崭新局面，作家从"集体意识"中抽身而出，重新返回"个体"，注重对生活的体察和内在情感的表达。这一时期，散文的艺术性得以强化，文本的精神内涵和表现空间得以拓展。

进入1990年代，社会发展日新月异，城镇化进程锐不可当，文化领域亦呈多元格局。各种文学思潮相互碰撞，人文精神的讨论更是打开了作家们的创作思路。"大散文"概念的提出，引发了散文界对散文的内涵和外延的重新讨论和界定。风靡一时的"文化散文"热，成为文坛上一道靓丽的风景。"新散文""原散文""后散文""在场散文"等散文流派"你方唱罢我登场"，争奇斗艳，各领风骚。

及至二十世纪末，一批深具先锋意识和文体自觉的新锐作家，像一头公牛闯入瓷器店，使散文天地发生了激烈的碰撞和变化，形成一股新的散文潮流，提升了散文的审美品质和精神向度。

纵观1978年至2023年四十多年来，中华大地在"改开"的黄金时代中，社会生活奔涌激荡，各种思潮风起云涌，散文创作更是云蒸霞蔚、气象万千，涌现了众多成就斐然、风格各异的散文作家和具有思想深度、艺术上乘的散文作品。岁月的流水冲走了枯枝败叶和闲花野草，中流砥柱却巍然屹立。时间留住了新时代的散文经典，经典在时间的长河中绽放光芒。以沙里淘金的经典散文向"改开"的时代致敬，是我们不可推卸的责任和义务。

别看散文的门槛貌似很低，要真正写好，却实属不易。优质散文是有难度的写作，它不但需要作者的智识、胸襟、眼界、修养和气度格局；更需要写作者的态度、立场、慈悲、良知和批判勇气。遗憾的是，散文创作繁荣和光鲜的另一面，却是大量平庸甚至低劣之作的泛滥，不但败坏了读者的胃口，而且造成了物质和精神的极大浪费。散文作家层出不穷，散文作品汗牛充栋，可真正能让人记住的散文佳构却凤毛麟角。

散文要发展，文学要前行。发展和前行就要从平庸的樊篱中突围。在突围的过程中，散文作家不可太"聪明"，不可太世故，要永存对文学的敬畏之心。一言以蔽之，散文的尊严来自散文作家的尊严。也可以说，要想散文繁荣，首先需要有一批人格健全，品德高尚，铁肩担道义的散文作家。什么样的人写什么样的文章。特别是写散文，最容易看出一个作家的内在品质和境界涵养。一个人格不健全的人,哪怕他作文的技法再高妙,也很难写出撼人心魄、抚慰灵魂的散文来。作家精神品质的高低,直接决定其作品的精神向度。

为了散文写作的突围和发展,为了建设独具特质的当代散文,也是为了更好地从经典散文中汲取营养,我认为有必要正视和重申一些常识性的思考。高头讲章的理论是灰色的,常识之树却蕤葳常青。

一、作家的个体精神决定散文的优劣。常言道,散文易学而难攻。难在什么地方,不是难在技巧,而是难在作家个体精神的淬炼上。倘若作家的个体精神不够丰富,不够深刻,不够清澈,纵使他手里握着一支生花妙笔,也写不出令人称赞的散文。那么,如何才能做到个体精神的丰富性呢,这就要求作家时时刻刻不背离生活,要知人情冷暖,体察人间百态,关心民瘼,有忧患意识,不要做生存的旁观者。一个冷漠甚至冷酷的人,是不适合从事散文创作的。

二、真诚是确保散文品质的基石。散文创作跟作家的生存经验息息相关,可以说,真正优质的散文,无不牵连着作家的血肉和心性。作家的喜怒哀乐,悲欢离合,都或隐或显地暗含在他的作品中。假如在一篇散文作品中,读者既看不到作者的体温,又看不到作者的态度,那这篇作品或许就是失败的。说明这个作者在他的作品中"说谎"或"造假",缺乏真诚之心。作家一旦失去真诚,为文必定矫揉造作,作品也必定会失去生命力。因此,真诚是散文的"生命线",也是"底线"。

三、个性是促进散文生长的养料。人无个性便无趣,文无个性便平质。当下,每年都会诞生数以万计的散文篇章,但能够让人记住,且读后还想读的作品并不多,何故?概在于这些数量庞大的散文,无论题材,还是语感都千篇一律,像是从"模具"中生产出来的,缺乏辨识度。散文要发展,必须要求作家具有"个性意识"。"个性意识"不是标新立异,更不是哗众取宠,而是一种"创新意识"和"审美意识"。但凡在散文创作方面被公认的那些大家,都是"文体家",他们以自觉的写作实践,开创了散文写作的新路径。不合流俗方能独步致远,推动散文的建设和繁荣。

当然,以上几点并非创作散文的圭臬,谁也没有资格去为散文"立法"。

散文是自由的创造，散文精神即自由精神。我之所以提出来，仅仅是希望引起散文同行们的重视和参考，共同为中国当代散文的发展尽力增光。

我们策划、编选"中国散文60强"（1978—2023）的初衷，旨在对新时期以来的中国散文创作作出梳理、评价和选择，试图精选出风格各异的代表性散文作家，以每位一部单行本的形式，呈现出中国新时期优质散文的大体样貌。此项目的发起人为资深出版人张明先生。多年来，他一直追求做高品位的纯文学书籍，也曾连续多年与中国散文学会、中国小说学会合作，出版年度《中国散文排行榜》和年度《中国小说排行榜》。2023年他策划出版了《中国小说100强》，反响不俗。身处喧嚣、纷杂的环境，能以如此情怀和心力来为文学做如此浩大的工程，不能不令人钦佩！

感谢张明先生邀请我和叶梅、冯秋子、陆春祥、吴佳骏、张英、文欢组成编委会，共同遴选出60位作家。我们在召开筹备会的时候，即将作品的思想性、艺术性、代表性以及影响力作为编选的基本原则。在确定入选作家名单时，我们认真商讨，反复研究，生怕因为各自的眼力、审美和趣味之别，造成遗珠之憾。好在我们的工作得到了作家们的积极回应和鼎力支持，惠风和畅，大地丰饶。

60位入选的作家，既有令人尊敬的文学大家，如孙犁、张中行、汪曾祺、史铁生、邵燕祥、流沙河、刘烨园、宗璞、贾平凹、韩少功、张炜、梁晓声、阿来、冯骥才等。这批散文大家的作品，文风质朴、清朗、刚健，充满了"智性"和"诗性"。无论他们是写怀人之作，还是针砭时弊，歌咏风物，都有着鲜明的文化立场和审美取向。他们或出入历史，借古观今；或提炼人生，洞明世事，输送给读者的都是难能可贵的"精神营养"。

也有被散文界公认的名家，如李敬泽、王充闾、马丽华、周涛、冯秋子、叶梅、筱敏、张锐锋、周晓枫、于坚、鲍尔吉·原野等。这些作家的散文作品，特色鲜明，风格独特，诚挚内敛，从内容到形式，都作出了各自的探索和尝试，为当代散文注入了活力。从他们的作品中，我们不但能够领略汉语之美，更可以借此反观生活与存在，寻找人之为人的价值和尊严。

还有散文界的中坚力量和青年才俊，如彭程、谢宗玉、江子、雷平阳、任林举、塞壬、沈念、傅菲、吴佳骏、周华诚等。从他们的作品中，我们见到的，不只是中国散文的文脉传承，更是自由精神的张扬。他们文心雅正，笔力锋锐，不跟风，不盲从，始终保持着独立的思索和判断，在各自所开辟的散文园地中精耕细作，以崭新的姿态参与和推动当代散文的变革。

其实，细心的读者不难发现，入选本丛书的老、中、青三代作家都有个共性，即他们均在以自己的作品审视心灵，心系苍生，弘扬真善美，鞭挞假恶丑，充满了正义感和人道主义精神。这自然与时下众多书写风花雪月、一己悲欢，充塞小情趣、小可爱的散文区别开来。正是因为有他们的存在，中国当代散文才呈现出一幅绚丽多姿的长卷。

需要说明的是，有些重要的散文家，如张承志、余秋雨、王小波、苇岸、刘亮程、李娟等人，由于版权或其他不可抗原因，未能将他们的作品收录进来，我们深以为憾。

我们还要感谢北京立丰天文化传播有限公司的资金支持，感谢北京联合出版公司的精心编校，他们慷慨和无私的义举，对于繁荣中国当代散文创作、对于赓续中华优秀散文文脉、对于中国新时期的文化积累，均具重大价值和意义，可谓善莫大焉。这套丛书的出版意义将同《中国小说100强》一样，旨在给读者以经典的指引，这既是一项重要的原创文学工程，同时也是助力推动全民阅读和研究传播文化的公益工程。

郁郁乎文哉，中国散文有幸！

是为序。

2024 年 5 月 12 日星期日

（作者为全国政协常委，中国作协副主席、书记处书记）

目 录
Contents

【声声慢】

002 | 一个记者是怎样炼成的

015 | 怎能忘怀我的南开

030 | 悠悠心会

038 | 有话对你说

046 | 外交部街深处

【永遇乐】

066 | 大"丰"起兮

077 | 原来武夷也姓"赣"

091 | 醉营盘

102 | 什么是海

108 | 武隆"避"

113 | 仰慕天柱山

【破阵子】

118 | 一日三秋

130 | 一只金苹果

133 | 内心的自美

137 | 女孩子的画

140 | 三清山神话

【满江红】

150 | 三碗清水

158 | 我心中的豪放与婉约

166 | 还有什么叫我热泪盈眶

【相见欢】

176 | 柔软的金丝猴

185 | 百牛渡江的现代神话

190 | 80后蜜蜂宣言

198 | 回到童年观鸟去

203 | 儿时的鸟儿们

【声声慢】

一个记者是怎样炼成的

一

古往今来,岁月匆匆,人物匆匆。人生就像是一粒纽扣,缀上新衣服,用旧了扯下来,然后以旧换新,然后日夜更替,然后绵绵瓜瓞,然后沧海桑田。

在这些匆匆而过的"然后"里,每个人的一生都充满着幻想、憧憬、追求、奋斗、艰难、坎坷、折腾、折磨,乃至沮丧和绝望。古今中外,无论是帝王将相与英雄豪杰,还是如你我一样的平头百姓,概莫能外,谁也逃不过老天爷的掌心。而从另外一方面说,这也是上天对人类的锤炼吧,每个人都有过筚路蓝缕的搏击,都在争取最好的前程,都是从九九八十一难中穿越过来的,你看那个纯真呆傻的唐僧,难道不是我们每个人的原型吗?

忆及我年轻时的岁月,更多的是学、思、琢、磨、自责、觉悟,不懈地反思自己。记忆最深刻的,从不是登台领奖的辉煌,而是"走麦城"和"失街亭"。如果能让我重新"匆匆"一次,我相信自己肯定能比那时的得分更漂亮一些——然而人生,哪儿还有重来的?

二

只有回忆是可以重来的。可是现在，每当我回顾自己的职业生涯时，不知为什么总有一种失重感，垂直地就会堕入倾斜之中，尽管我对自己新闻人的职业，一直是无比热爱和极为自豪的。苍天在上，各路神明，我这一生最要庆幸的两件事，一是1978年恢复高考时有幸赶上了那班车；二是毕业后即进入光明日报社，做了一名文化记者和文学编辑，一干就再未离开，全心全意、真心真意、诚心诚意，热心热意地做了32年，直至退休。

只是我的起点太低了，上大学那年已24岁，毕业时进入新闻行业已28岁"高龄"。我家祖祖辈辈，连亲戚朋友在内，都没有一位跟新闻行业沾过边，真正是一张白纸，一穷二白。工作是完全陌生的，连什么是"导语"都不知道，一切从零开始，就像四年前迈进大学门时，学英语是从A、B、C、D的26个字母学起。不过，真的没有什么了不起。

三

新闻学的A、B、C、D是五个W，即：When（何时）、Where（何地）、Who（何人）、What（何事）、Why（何故），通俗说就是时间、地点、人物、事件、原因。那时没电脑，一切采访靠腿勤，手勤，脑勤，勤能补拙。勤我倒不怕，就像"东天太阳升"，就像"大河日月流"，勤快、勤奋、吃苦、耐劳，本来就是我们这一代人的强项。不过其中有一"勤"，确实是我所害怕的，即"口勤"，作为记者，你得会说话，会问，会让你的采访对象滔滔不绝地跟你说，把他的家底一一都倒出来。对于从小性格内向、不善言辞的我来说，最喜欢的就是爱说话的采访对象，有的人生性外向，你问一个小小的问题，他就能打开话匣子，把你想问的和不想问的全都哗啦啦地倒给你，此时你只要拿着小本记就行了。所幸，这世上绝大多数的采访对象，都是属于这种人。

我采访次数最多、采访时间最长的著名作家，是叶君健先生。那还是在1983年，我刚做记者不久，我的领导金涛同志给我派的任务，当时有一家出版社想做一批文化老人的挖掘整理工作，还提供了录下声音的磁带。于是，我骑着自行车，一次次去到北京北海公园东邻的恭俭胡同，在叶老那个灰墙灰瓦的小院子里，听他讲从家乡湖北黄安县（后改为红安县）大山里走出来的故事。

叶君健先生是我国著名学者型作家、翻译家，他翻译的《安徒生童话全集》在中国家喻户晓，我从小就读过《稻草人的故事》，印象极深。万没想到自己长大后竟然能安静地坐在这位大家的对面，听他娓娓道来。我大长见识，由此才知道红安县是著名的革命摇篮，从那里走出了共和国的二百多位将军，有14万人为革命流尽了最后一滴血。满头银发、身材高大、玉树临风、温文儒雅的叶老，一派学者风度，竟然也是一个整日拾荒、砍柴却仍吃不上、穿得破的贫苦农家小孩，靠着顽强的生命力和苦苦挣扎，才在苍茫茫大山的佑护下活了下来。后来竟于1932年考上武汉大学外文系，主攻英语并开始了文学创作。他还自修了世界语，用那种独特的语言创作了多部短篇小说，在世界语文学史上留下了炫彩的一页。1999年叶老辞世，留下了代表作长篇小说《土地三部曲》，展示了自辛亥革命前夕到五四运动期间，中国社会各个阶层的大变动、大动荡、大革命和巨变。在翻译安徒生童话的间隙中，他自己也为中国孩子写出了多篇童话。我至今记忆尤为深刻的一句话，是叶老说"在国外，只有大作家才有资质写童话，因为这是会影响孩子们一生的大作品"，这句话令我震惊非常，极大地升华了我对儿童文学作品的认识。

1999年叶老辞世，享年85岁。后来曾经友善接待我的叶老夫人苑茵女士也走了，她也是英语翻译家，和叶老真有夫妻相，也是身材高挑，气质端庄，文雅洁净。在我们访谈的数十个小时中，夫人只是来倒茶换水，从不插话打扰，并且每次我告辞时，都跟叶老一起将我送出小院门外，看着我骑上自行车，叮嘱我"注意安全"。

至今，我每次路过恭俭胡同那一带，脑海里都还会浮现出这一幅美丽的图画：长长的窄窄的灰色胡同里，纱幔一样洒下丝丝金红色的阳光，我蹁腿飞身骑上自行车，轻快地朝胡同口驶去，飘浮在头顶上的白云追随着我，在我身后拽出一串长长的光影……

四

记不得是外国哪位名人说过，如果一个人的本职工作和他的兴趣爱好能够叠加在一起，就是上帝对他的眷顾。很有幸，我刚好是这被上帝照拂的人，据说在古往今来，据说在海内海外，这种"幸运儿"是极少数。

一想到这一点，我就会双手合十，叹出长长的一口幸福气，暗暗对自己说：韩小蕙你何德何能，怎么就会得到这份稀有的恩赐？

不再言说岁月的大洋大海，也不再言说历史的大江大河，我庆幸正值事业期的自己，赶上了国家最好的发展阶段。从上世纪70年代末一直到我的退休之年，中国的改革开放事业，轰轰烈烈，慷慨前行，解放思想，高歌猛进。在这可歌可泣的40多年里，小小的我平凡的我，在我小小而平凡的工作岗位上，结识了中国文学界大部分有过声响的老中青作家，采访、对谈、组稿、交心、聆听、学习、汲取……我从他们身上收获了多少阳光雨露和朗月清风！

最被季羡林先生打动心弦的，是他"君子克己，一心为人"的大善与大爱。他曾一字一句地纠正我文章中的错误，那是我顺手把"先天下之忧而忧"多写了一个"人"字，在一般人看来这并不严重，但季老竟然专门给我写了一封信来纠谬，令我羞愧难当，为自己浪费了老人家那么宝贵的时间而自责不已。先生还曾在我就"散文的真实性"请教他时，又认真地写了一封回信，手把手地教导我："常读到一些散文家的论调，说什么散文的诀窍就在一个'散'字，又有人说随笔的关键就在一个'随'字。我心目中的优秀散文，不是最广义的散文，也不是'再狭窄一点'的散文，而是'更狭窄一点'的那一种。即使在这个更狭窄的范围内，我还有更更狭窄的偏见。我认为，散文的精髓在于'真情'二字。"

最被张中行先生震撼心灵的，是他"学，然后知不足"的大境界，还有定位于普通人的布衣本色。这位一辈子苦读而学贯中西的大学问家，曾恳切地对我吐露心声：我这辈子学问太少，如果王国维先生在世，北大只有几位可以勉强评个三级教授，而我则连评教授的资格也没有……

最被邓广铭先生感动我心的，是他推开正吃了一半的饭碗，神闲气定地与我交谈，一点也没大历史学家的居高临下。那是我第一次去拜见他，之所以午饭时间打扰，是因为那天北大进门严苛，我是怕出去就进不来了，为此，我非常不安。殊不料邓老先生竟然对我说："我替北大向你道歉……"

最被叶廷芳先生振聋发聩的，是他那个惊人的《政协委员提案》，在举国计划生育抓得最严峻的时代，他石破天惊地提出，应该放开独生子女政策，否则将会给中国后面的发展带来祸患……

最感到对不起李国文老师的，是有一次我不知怎么走了神，在编稿过程中将他原本正确无误的文字改错了，使姜夔和白石道人变成了两个人。报纸就那么错出去了，白纸黑字被读者来信批评。我就像闯下塌天大祸的孩子，浑身发烧，硬着头皮给国文老师打电话，据实以告。万料不到的是，国文老师马上就故作轻松地说："错了就错了呗，那有什么关系？"我急得都结巴了，说："我犯的这个错误太低级了，读者以为是您错了呢，实在是影响了您的声誉啊。"电话那头，他哈哈一笑，再次安慰我说："这有什么，我不怕。"唉呀，这是多么宽阔的胸怀，不仅是学问大家、文学大家，还有这么高天阔地的宅厚仁心，不顾自己的面子而替我这个小编辑挡子弹，换了别人还不知会怎么修理我呢。国文老师，虽然从此我再也没跟您提起这件事，但这是令我终身都不忘的、永远烙在心上的一个刻痕。

五

最被蒋子龙先生痛彻心扉的，是他对国家大工业体系遭遇的忧懑之心。他年轻时曾经工作过的天津重型机械厂，是国家八大重型机械厂之一，也是天津第一万人大厂，后来却变成了荒草凄凄的工业废墟，他昔日的师傅和工友们则变成了大时代的"弃儿"……这在我心里引起了大狂风、大暴雨的大击打，因为这与我当年工作过的工厂太相似了！我的工厂是代号774的军工厂，曾是排名在首钢之后的北京第二大工厂，条条现代化生产线曾是新中国电子行业的天花板。那时候，跟谁家有在"天重"工作的人能引起三条街的羡慕一样，谁若能娶到我们厂的女工，也是可以夸耀三条街的事。可是后来我们厂也跟"天重"一样，被时代雨打风吹去了。由此，我跟蒋子龙先生"心有戚戚焉，然心戚戚矣"。中国作家中，出身工厂的作家寥寥，似乎只有肖克凡、杜卫东、唐朝晖等几位，所以描写工业题材的作品很少。我期待能多有像《白鹿原》和蒋子龙《农民帝国》一样重量的工业题材大作品传世，当然，前提是中国强大的工业体系自立于世界民族之林。

六

其实中国早年就有一部重磅工业题材长篇小说问世，这就是张洁的《沉重的翅膀》，所以这就要说到张洁了。最让我心刀剜一样痛楚的是她的去国，原来在北京和平门市文联的红顶楼，张洁把她的家布置得多么温馨且有艺术气质。钢琴上摆满了她获得的各种最重要的奖牌，张洁从不炫耀她的成就，以至于只有很少人知道早在1989年，她就获得了意大利马拉帕蒂国际文学奖，这个奖一年只授予一位作家，博尔赫斯、索尔·贝娄等都是其得主。后来张洁又获得了意大利骑士勋章，以及德国、奥地利、荷兰等多国文学奖。1992年张洁当选为美国文学艺术院荣誉院士，这是至高的荣誉，因为这院士全世界只有75人，不增加名额，去世一人才增补一人，获此殊荣的中国作家只有她和巴金。张洁也是我国第一位获得长篇、中篇、短篇小说三项国家奖的作家，也是唯一两度获茅盾文学奖的作家,真正的巾帼强过须眉呵。

张洁当然很珍惜这些荣誉,但在她心目中最压重的,还是自己的作品。我亲眼看见她用写诗歌和散文的方式写长篇小说,也就是说,一个字、一句话、一个标点符号地"炼",再三再四地修改,《沉重的翅膀》大改了四次,以至于累得心脏病住了院;《无字》写了12年,12个春花秋月夏暑寒冬!两度获茅奖以后,她也并未放下笔,为了又一个长篇,她竟不顾年事已高、浑身病痛,只身去了远隔千山万水的秘鲁国,到古老部落里寻觅人类文明的源头与真相,这是冒了生命危险的,行前她非常清楚,也许自己就回不来了,但她还是义无反顾地上了路……倒数生命的十几年、二十几年,张洁一直在外面漂泊,这里面的种种缘由,也许有一天终会大白于天下。

张洁实在是太优秀了,白纸黑字,为我们留下了那么多文学珍宝,够我们的孩子、孙子、子子孙孙阅读与研习。她是中华民族走到当代的一个不可多得的女作家,其灼灼的艺术光芒永不会熄灭——每念及此,我心痛,喘不上气来,我坚信她的骨灰终有一天会回到故里,不然老天爷也会看不下去的。

张洁不许我们喊她"老师",只准直呼"张洁",并结结实实地砌了一堵墙,挡住我们的任何"反抗"。这曾经在很长一段时间里,给我造成了相当的不适应,你说,北京人是多么讲究长幼尊卑礼节的人群,从小在这种氛围里长大的我,怎么也做不到直呼"张洁"呀。但后来,在她的本真、不装、不自我感觉良好、不无理由地傲视别人的一派纯粹面前,我,还有几位女作家闺密,都撞得头破血流。我们只好从命,大家一起互相努着劲儿,喊出她的名字。以后随着情感的递进,最后也竟渐渐变得行云流水般自然和流畅了。

2022年春节前,她突然去了天堂,而仅仅在数周前,我俩还在E-mail里互致问候。坚韧而又自尊的她,只说她"老得快走不动了",

并未道出一个字一句话的病痛。一辈子自尊自爱、自强不息的张洁，魂兮归来！

七

还有一位对我产生了终生影响的女作家，是美丽文雅的凌力大姐。我甚至说过她曾"是我的精神支柱"，何以这么"严重"？因为她对我的三观，乃至做人做事业，都产生过巨大的影响。

初识是上世纪90年代初，一次去往四川的笔会，我有幸与她"同居"了十多天。这位出身于将军之家的文学才女，前后写出了《少年天子》《暮鼓晨钟》《倾城倾国》《北方佳人》等优秀长篇小说，也是获奖无数的大作家。然而她最吸引我的，还是她的处事态度，洞明世事，不燥不急，守己修身，我行我素，真可谓出污泥而不染的一朵莲花，而且高贵。那一次笔会，队伍庞大，成员芜杂，不免闹出种种动静，每逢此时，凌力大姐即不动声色地把大家"拐"到背诵唐诗宋词的"课程"中，"蜀道之难，难于上青天"，"两岸猿声啼不住，轻舟已过万重山"，"东风夜放花千树，更吹落，星如雨"，"怒发冲冠，凭栏处、潇潇雨歇"……凌力这种处乱不惊、持高守节的境界，对于还年轻毛躁的我而言，真像遇到了一尊佛，一颗心立刻安静下来。后来的好多年里，每当我毛躁时，想想凌力大姐那张安详的脸，《心经》便会涌上心头，乌云即被驱散，换来一片霁月光风——此即我前面言及"精神支柱"的缘由。

不过，总是天使般笑靥的凌力大姐，也对我下过一道"封杀令"，即要求我不论何时、何种情形下，都不要写她，即使在综合性新闻中也不要提及她的名字，一个人淡泊名利至此，也是中国文学界独一份吧？凌力只用她的作品说话，说来她并不是文学出身，她的专业是清史研究，生前所在单位是戴逸老先生掌门的人民大学清史研究所。因此，在一片花里胡哨的清宫"戏说""传说""宫斗""后宫斗"的编造中，凌力的作品才是最经得住历史检验的正剧。然而在汹波涌浪的清宫戏中，一直未见有过凌力的一部作品，有 次我问她为什么？凌力大姐微微一笑，不紧不慢地说：也有好多人来找过，但我怕作品被胡乱糟蹋了，一直没答应。"我故意出了一个谁都不可能接受的高价，把他们都挡回去了……"

八

时间真像汩汩流水，几十年，一瞬间，就凶狠地流走了。回忆像洪峰，滚滚滔滔，一浪接着一浪，大浪淘沙。太快了，太猛了，岁月的利爪在心灵的日暮上抓挠了几下，我的角色就已由亲历者，变成了如今的讲述人。

"林花谢了春红，太匆匆！"望着蓝天上游行的朵朵白云，我的思绪越扯越长，不由得飞到了北京城内的各个地方，沙滩、南小街、红霞公寓、和平门、安定门、东土城路……那些曾是中国作协的办公地和宿舍，住过许多著名的前辈作家，我曾在那里结识和采访过臧克家、秦兆阳、冯牧、荒煤、刘白羽、牛汉、林斤澜、汪曾祺、李国文、邵燕祥、牧惠、唐达成、鲍昌、黄宗江、黄宗英、黄宗洛、谢永旺、叶楠、李瑛、邓友梅、从维熙、刘心武、谌容、张洁、凌力、史铁生、张凤珠、柳萌、赵大年、丁宁、陈丹晨、韩少华、陈四益、童道明、郭启宏、袁鹰、蓝翎、姜德明、雷抒雁、鲁光、张守仁、蔡葵、阎纲、雷达、张韧、曾镇南……他们中的大部分人，都已驾着祥云飞去了天堂，也有生命力顽强者还留守在葱茏大地上加持着我们，更有几位文学生命力特别顽韧者还在坚持写作，一篇篇、一部部，像一封封被生命科学院嘉奖的喜报，不断带给我们惊喜！

"不思量，自难忘。"我的思绪又飞到了建国门、永安里、三里河、皂君庙、北大、清华、北师大、学院路……那里是中国社科院、各大名校的办公地和宿舍，我曾多少次进进出出，采访过茅以升、冰心、季羡林、金克木、张中行、邓广铭、吴冠中、冯至、叶君健、邓云乡、戴逸、贾芝、周汝昌、张世英、朱寨、洁泯、袁可嘉、黎先耀、柳鸣九、吕同六、王树人、谢冕、郑欣淼、张炯、杨匡汉、宗璞、范用、屠岸、刘锡庆、葛兆光、李文俊、高莽、楼肇明、何西来、杜书瀛、陈漱瑜、蔡葵、林岫，以及汤一介和乐黛云夫妇、刘梦溪和陈祖芬夫妇、林非和肖凤夫妇、王德厚和赵园夫妇、陈恕和吴青夫妇、徐城北和叶稚珊夫妇……他们的学识、为文、做人和各自持守的生活态度，都令我敬仰不已，学到了很多。

"思悠悠，恨悠悠，恨到归时方始休。"我万般感慨，心底推出千堆雪，又飞往上海、天津、山东、成都、重庆、杭州、西安、太原、新疆、西藏、青海、内蒙古、东三省……我曾在祖国的大江南北、天涯海角，结识和采访过马识途、马烽、西戎、艾煊、公刘、何为、来新夏、何满子、郭风、林希、南丁、鲁枢元、陈善壎、余秋雨、吴周文、陈忠实、李星、肖云儒、刘成章、贾平凹、李存葆、张玮、马瑞芳、傅天琳、苏叶、褚水敖、王安忆、赵丽宏、竹林、陈思和、陈歆耕、聂鑫森、周涛……他们的赠书、书法、作品集，至今在我的书柜里向我招手，激励我努力写作，天天向上。

"但愿人长久，千里共婵娟。"我还身不由己地飞到了美国、英国、法国、荷兰、东南亚和祖国的宝岛台湾、东方明珠香港。我曾结识、采访和笔谈过王鼎钧、郭枫、陈若曦、赵淑侠、郑培凯、陶然、林湄、林鸣岗、黄运基、张宗子、刘荒田、陈河、孟昌明、薛忆沩、夏曼·蓝波安、程宝林、陈谦、陈瑞林……他们身在异乡，心系神州，用一部部作品织出了汉字的天光云锦，为中华文化的薪火相传和广播海外，做出了既花红柳绿又岁岁春风的奉献。

是的，这长长的名单已经够长了吧，但还远远地没到尽头，还有和我同辈的、乃至一茬茬中青年作家们，排成的一支长长的队伍，在持续跋涉中，我坚信：未来的屈原、苏轼、辛弃疾、李清照、曹雪芹、鲁迅、巴金、老舍、曹禺……未来的托尔斯泰、陀思妥耶夫斯基、别林斯基、莎士比亚、雨果、巴尔扎克、卡夫卡……会出现在新的队伍中，长江后浪推前浪，卷起千堆雪，浪花淘出英雄！

是的，这长长的名单已经够长了吧，但他们手下的作品排得更长。耕云播雨，妙手文章，穷经皓首，披沙烁金。我想象，若把这些书排起队，能绕地球十几圈也不止吧？不敢说这些作品我都读过，但至少代表作我是都学习过的，给了我多少有益的营养啊，因此我衷祝，这名单再继续长长地、长长地排列下去！

是的，这长长的名单已经足足的够长了，我这一辈子可真是太值了，怎么会认识过、接触过、走近过、知心过这么多著名的文化大师和文学巨擘呢。读他们的佳作，听他们谈吐文学和人生的真谛，走进他们的内心，与他们很多人成为"忘年交"，这在当代文学媒体人中，不敢说是独上华山，但也超不过两三人哦。

是的，这长长的名单真是足足的够长了，为此，我每每感念我母校中文系的老师们，是他们把我送上了文化记者和文学编辑的岗位，让我驾驭着时代的宇宙飞船，在浩瀚的河汉中穿行，拜谒一颗又一颗闪光的明星，同时也做成了一名为我中华文化击鼓传花的传花手，我生荣幸！

九

最后,还有一点是最最重要的,就是做人。

我们谁都说过"在历史的长河中,个人只是微不足道的一瞬",确实如此。而具体到每个微不足道的一瞬,都是有着或曲曲折折,或蜿蜒逶迤,或缠绵悱恻,或流连忘返,或惊涛骇浪,或威武雄壮的故事。甚至,每个人还都犯过错误,形形色色,大大小小,小错误后悔懊悔,大错误痛惜终生……不过,这都是"至今思项羽,不肯过江东",每个人的人生都是这么跌跌撞撞走过来的,无复多言。

要说的并要特别强调的是,无论在任何顺境或困厄之中,哪怕高腾在煌煌九天之上,或沉沦到地狱十八层之中,我们都必须守住节操,对得起自己的良心。可以套用季羡林先生的话"真话不全说,假话全不说"而践行"好事干不全,坏事全不干"。如此,才可以如饶毅教授所抒怀的那般:当我们在回归自然之前,"问心无愧于职业中的自己值得尊重,生活中的自己值得尊重。因为我既经历过物性的神奇,也产生过人性的可爱。"

善哉!

2022年6月28日初稿,7月16日定稿

怎能忘怀我的南开

一

清晨6∶55分的时候,我贴在学校图书馆那两扇对折的大玻璃门前,带着七分庆幸、两分得意、一分紧张的心情,踮起脚尖,向后面望去——

只见自我身后的门外,已经像商场门前等待抢购的胜景一样,黑压压站满了人。大多是背着书包的学生,男生女生都有,男生还略多于女生。也有一些是岁数更大一点儿的人,有本校的青年教师,还有的一看就知道不是本校的,而是来自社会上的自学者。人人脸上,都是一副望穿秋水、望眼欲穿、望断南飞雁的表情,眼巴巴地盯着大门,期盼着它早点儿开启。随着7∶00开馆时间的临近,人群有点儿骚动,刚才捧着书的,这会儿纷纷把书收起,刚才嘴里叽里咕噜念外语的,这会儿也闭上了嘴巴,大家都做出一副骁勇善战的士兵状,随时准备跃起冲锋。

这是干什么?

——抢座!

二

6∶59分,穿着蓝大褂工作服的图书馆值班员,终于出现在玻璃门里。只见他快步走到门前,侧转身对着我们,站定,左右打量了一下,也做出一副准备冲锋的姿势。然后突然一运气,说时迟,那时快,左腿弓,右脚蹬,快速猫下腰的同时,右手后出,摸到大门的插销上,猛地往上一拉,随即撒丫子就跑,没命地逃向他的值班小屋,真好比吓破了胆的败兵。而此时,我们已经顾不上他败兵不败兵,一起发一声呐喊,拔腿向六层的大阅览室冲去。我按着斜背的书包,不使它左右摇晃跑起来碍事,冲在最前面。二层、三层、四层,一直到五层,还在领衔,终于有一个强壮的男生跑过了我,先我一步冲进阅览室。

我很不服气,以0.03秒之差屈居亚军。说来那时我二十啷当岁,身体真好,一口气跑上老式大楼的六层(怎么也得顶现今新建楼的八层吧),口不喘、心不乱、腿不软,还有速度,真够健将级水平了,要是搁在今天,还不早喘成风箱里的老鼠了?所以说年轻真好,青春万岁,一寸光阴一寸金!我瞄准一个临窗的位置,流星一样"哧"地滑过去,把书包往大桌面上一放,蹁腿坐下,三下五除二,取出书、本、笔、讲义,就"帝高阳之苗裔兮",一头扎进楚山楚水楚天楚地,跟着屈原大夫"高驰而不顾"去了……

今天,当我给在校大学生讲起这些,胸中还隐隐有种莫名的激动,可他们却没什么热情地给了两个字的评价:"好玩。"我心里真是百感交集,既有如春天的暖湿空气吹过碧绿的河面,温煦地荡漾起缅怀、向往、留恋的涟漪,又仿佛夏日山洪倾泻过来了,平地升腾起"当年——

今天——白驹过隙——光阴荏苒——人生易老——时光不再"的排浪，就起起浮浮泛起了丝丝缕缕的忧郁和浓浓密密的惆怅，反正，可不是一个轻轻松松的"玩"字能够了得的!

代沟呀，今天的孩子们，怎能理解我们当年的心情?!

三

那是1978年初冬，我踏进南开园已有两个多月了，自豪感、新鲜感、陌生感等等都已成为明日黄花，同学们都进入了卧薪尝胆囊萤映雪头悬梁锥刺股的苦学苦读阶段。说来，也许今后中国的历史上，也都再不会出现我们这奇特的"七七级"和"七八级"了，这两届应考的学生中，包括了从1966届到1978届在内的高、初中毕业生，由于"文革"浩劫，大学从1966年起就没有招考了，直至1976年粉碎"四人帮"后，邓小平同志以卓越政治家的超人眼光和胆略，力排"左"倾干扰，决定恢复高考，把中国救了，也把我们这些嗷嗷待"哺"的青年救了。

以我为例，只上到小学五年级，就"文革"了，学校关门，失学在家，没娘的孩子似的，整整晃荡了两年。后来名义上虽说上了两年半初中，却其实只是挖防空洞、下乡劳动和不停顿地斗私批修、写大批判稿之类，基本没学过什么文化课，所以我上大学前的学历只是小学五年级水平。1970年6月，据说是因为上面几届学生插队的插队，兵团的兵团，造成北京各个工厂劳动力严重匮乏，频频告急，所以决定从应届毕业生中抽调一半，提前分配工作，于是刚刚过完15岁生日的我，就进了一家工厂，成为一名小青工。这一干就是8年，人生能有几个8年？青春又有几个8年？在那看不到一丝光明的梦魇一般的岁月里，谁还能想到，这辈子还有机会进大学读书？

再以我们班为例，全班76人，从"老高三"到应届，全有，最大的32岁，最小的16岁，居然差了一半。上学前的身份嘛，有工人、农民、解放军、教师、编辑、售货员、机关干部、学生……五花八门，应有尽有。有好几位都已成家，有了儿子闺女。还有一位老大哥，他进大学，儿子进小学，成为名副其实的父子兵，在他的家乡和我们学校里传为美谈。以我24岁进大学、28岁毕业的大龄履历，今天多次被我女儿不解、不屑、不认同，可当时在班里，却还只能排个中等，算是蜂腰吧。

——所以，你说，我们怎能不玩命地学习、学习、学习？珍惜这梦一样美的、一生一世再也不可能有的上学读书机会，榨干分分秒秒，争取在仅有的4年时间里，补上从小学六年级到高中三年级所缺的7年的课程，还必须以优异的成绩，完成大学4年的学业——4∶11，易乎？信乎？

——所以，那时我不分冬夏，每天清晨6∶00起床，略事梳洗，不吃早饭，6∶20准时迈出宿舍门，有课时就到教室早读，没课时就走向图书馆，一边等待开门一边或背古文古诗，或读英语，或看各种书报杂志。《离骚》全诗，就是我站在楼道里背下来的，今天想想简直是匪夷所思怎么可能，可当时凭着一股劲儿就硬是背下来了；还有《诗经》《楚辞》《古诗十九首》《文心雕龙》《唐诗宋词一百首》中的某些篇目、片段等等，都玩命地背了一些——这些，对于过去的读书人来说，都是四五岁就开始背诵的童子功，可我们二十多岁才开始"恶补"，幸哉？悲哉！

——所以，我在南开上了4年学，也就是说在天津生活了4年，毕业离开时，根本说不出天津的东西南北，搞不明白小白楼和南市之间有什么区别。我们班大部分同学也都如此，也就是上体育课时游游泳，滑滑冰，平时很少娱乐；连吃饭都是匆匆忙忙的，一进食堂尽拣短的队伍排，一门心思发奋读书，真像从精神到身体，都虔诚到家模范到家彻里彻外的苦行僧。

——所以，图书馆门前才会每天早上都拥满了人，要在一开门时就冲上去占座，稍晚一会儿就没地方了。这也是因为当时全社会都有苦读风气，跟今天人人都在谈赚钱、谈歌星影星明星、谈养生健美化妆术一样，当时书店门前经常排起长龙，一排就是三五里地，什么《基度山恩仇记》《茶花女》《悲惨世界》……哎呀多了，都是那时排长队买回来的。多少年没见过这种书了，一开禁，人人都兴奋得像小孩子买炮仗一样，抢着买，比着买，买回家来，全家老少个个笑逐颜开，争着读，不撒手，回想起那日子，真像天天下金雨似的，舒心，痛快！我记得清清楚楚，一套 13 卷本的《莎士比亚全集》，一共才 13 元多，是母亲抢购回来的，她进家时神采飞扬的，眉毛扬得高高的，眼睛放着光，简直就像是把大英帝国的皇杖拿回来了的感觉！那时的书价是多么便宜噢，悔不当初，我怎么没把新华书店搬回家呢？

四

不过说真的，那时我们没钱，而且，差不多全国人民都没钱。"文革"结束的时候，国民经济已经濒临崩溃，国家穷得什么都发票，连瓜子都是过春节才配给二两，今天说起来，我自己竟也疑疑惑惑的，不敢确信是不是真有过那回事了，因为实在是让人不可思议呀？老百姓们个个穷得窝头咸菜劳动布，要买一辆自行车，得全家精打细算省吃俭用少吃一口赚一口，攒上好几年的钱，才能梦想成真。

我还好，有8年工作挣的钱垫底，又赶上国家对"七七级"和"七八级"实行带工资上大学、连续计算工龄的特殊关照政策，因此，每月可以领到国家二级工的标准工资41.71元，又没有家庭负担，在班里，就算是地主资本家了。又加上那时大家都一门心思读书，没有现在的吃喝玩乐风气，也没有这时装那化妆品的大举入侵，所以有钱就买书，出手时可以不必锱铢计较，有用的和喜欢的都放手去买，所以我那时还真存了不少书，像6卷本的《中国历代文学作品选》、6卷本的《中国通史》、4卷本的《中国历代诗歌选》、4卷本的《古代汉语》、3卷本的《中国文学史》等等，毕业时运回北京好几纸箱，一直到今天都还在使用。

当时国家还实行人民助学金制度，对家境贫寒的学生，每个月发给生活补助，共有甲、乙、丙三个等级，甲等是22.50元，根据每个学生家庭的平均收入数评定。我是班里的生活委员，每月由我去学校领回助学金发给大家，所以，我很清楚许多同学的经济状况，实在是非常窘迫。

班里有一半以上来自农村，华北、西北一带偏多，最远的有青海、新疆、西藏的。这些同学大多是男生，每月22.50元的助学金，除了吃饭，买日用品、衣服、参考书以及一切零用之外，还要把每年回家探亲的路费攒出来。这就是说，他们得自己负责自己的生活，不能再去跟家里要钱了。还有更贫困的，比如F同学，听说他家里只有老父亲和一个妹妹，上学前主要靠他挣工分养家，现在他不能挣工分了，父亲和妹妹的生活就成了问题，他每月还要从那22.50元中省下一些接济家里，今天想来，简直不知他是怎么熬过来的？

1998年我随中国文联代表团去新加坡访问，抽空到同班范瑞忠同学家去做客。瑞忠比我小6岁，来自河北农村，是一个淳朴诚实勤奋有志的应届高中毕业生，第一次独自离家在外生存，感到很寂寞很无助,在班里就认我做了姐姐。他已落户新加坡好几年了,如今有了一份稳定的工作,有了四室两厅的房子,有了汽车,娶了爱妻,生了娇儿,日子过得富足、愉快。

我坐在他宽敞的客厅里,他兴奋地跟我叙着旧,依然是那个淳朴诚实勤奋有志的弟弟,一点儿也没有变色。叙着叙着,他突然告诉我,4年大学生活留给他最深的印象,是挨饿,"在学校时,就靠那么点儿助学金,根本不够吃,老觉得饿、饿、饿,可把我饿坏了!"我浑身一激灵,陡然变色,凄然问:"当时怎么没听你说过,为什么不告诉我?"他喃喃道:"哪儿好意思?……"

直到现在,想起这件事,心里还隐隐作痛,自责我枉担了姐姐的空名。可是即使这样,我们班所有的同学,男生女生,老的少的,全都悲壮地艰难地用功地发奋地玩命地读着书,没有一个打退堂鼓,没有一个吊儿郎当混日子,没有一个虚度了4年的时光。真的,眼见着,我们的水平在提高,就拿我那位R弟弟来说,初进校时,写的文章还很幼稚,等毕业时再看,已经老道得叫我吃惊了,现在他在新加坡,于工作之余,还经常在报刊上发表文章,为此,他的爱妻在自己的娘家人面前,骄傲得像个公主。

教过我们的各科老师,都曾发自内心地评价说:"七七级"和"七八级"这两届学生,对于中文系来说,很可能是空前绝后的。

> 我的脚踏在梯子上最上一级,
> 每一级是一束年岁,
> 一步比一步代表更大的一束,
> 一切在下的都正常地走过去,
> 而我仍然在往上攀登。
>
> ——惠特曼《自己之歌》

五

然而不管怎么说,我们也只是南开的匆匆过客,南开的主人南开的基石南开的精魂南开的主宰,还是我们的老师们。

毕业十多年来,我曾几次找机会,回到魂牵梦萦的南开园,去重新感觉走进校门的快乐,重新寻觅当年的足迹,重新体味一间间教室所辐射出的吸引力,重新抚摸新开湖的滢滢碧水。最主要的,是去探望那些亲爱的老师。

南开有着极棒极出色的一个教师群体,我从他们那里终生受益,至今心心念念,有一种"一日为师,终身为父"的殷殷亲情。

初上宋玉柱老师的现代汉语课时,大家都没重视。况且,宋老师一上来就给了我们一个下马威,板着硬脸,很严厉地斥责我们班上一位逃课的男生:

"进大学,是叫你们读书来了,不是让你们写小说来了!不好好上课,躲在宿舍里写小说,歪风邪气!不想上课的,退学!把位置让出来,有的是人想进来呢!"

当时倒抽一口冷气:这老师可真够厉害的!心里多多少少产生了抵触情绪,因为谁上大学不是冲着作家梦来的?何况当时新时期文学又是初露端倪,写小说之风特别兴盛,像我,上大学之前就已经写了好几年,发表过两篇了,怎么舍得就此罢笔?再说,我从小学起就讨厌语法,什么"主谓宾,定状补",多么枯燥,不懂它们怎么了,那么多作家不照样写小说?全照它的模子套,还写不出来了呢!

可是本能又告诉我,宋老师说的可能是对的?搞创作,上完大学还可以继续，眼下这课可是过了这村就没这店了，自己的基础本来就差，再不全心全力上课，一辈子都会跟不上趟。我当时心里矛盾得很，不知道怎么办好？

谁想宋老师不仅毫不客气地训我们，还苦口婆心地教，还讲究方式方法，更有高超的教学水平，没几天，也不知是怎么搞的，就把我们全班大大小小，一股脑儿全装进他的"牢笼"里，我们全成了他的"俘虏"。他讲课的时候，也不声高也不卖弄也不急躁也不斥责也不喋喋不休也不拳打脚踢，而是不急不慢不温不火循循善诱出神入化的，就把我们领进了现代汉语语法的宏伟殿堂。这时候再看"主谓宾，定状补""偏正结构""把字句"，不但不再使我们绕着脖子也弄不明白因而厌烦之痛恨之，而是成了吸引我们钻进去探险的"仙人洞"，有一阵子，同学们特爱在一起分析汉语"玩"，有的同学还"玩"上了瘾，后来，居然就将它选择为终生职业。

于今想来，二十年都过去了，我还是没搞明白，当初宋老师到底给我们施了些什么"魔法"，怎么就让我们全体乖乖地心甘情愿地跟着他完成了这门功课？可以说现代汉语语法是我在南开4年里学得最好的一门课，实实在在学到了东西，吃进肚子里面去了。当我大学毕业进光明日报社以后，正赶上报社不少同志补上夜大学，他们拿来了不少语法分析难题，请我们这些来自各个大学的"七七级"和"七八级"做。有人吟哦半天做苦思冥想状，我呢，拿起来俱一挥而就手到擒来迎刃而解，大大为我南开露了一次脸。我心里真怀念宋老师，后来才听说，他教我们时，正是他的家境极为艰苦的时期，经济上比谁都拮据，搞得他精神负担极重，可他还是那么尽心尽力尽善尽美呕心沥血卖命不要命地教诲我们，表现出高尚的教师人格。

中文系还有号称"四大才子"的4位古典文学老师，风格很不同，有内向深沉型的，也有翩翩才子型的。宁宗一先生是典型的文人才子，平日里但见他把腰杆一挺，头发一甩，就口若悬河地侃侃而谈，大概是我行我素惯了，有时才气外露到咄咄逼人的程度，也一点儿不惧怕外界舆论，他可能是绝不认同"夹着尾巴做人"的处世哲学的？郝世峰先生则是深不可测的一口井，高高的身躯只给人一个"高"的感觉，不傲，不急，不躁，很谦和很沉稳很有书卷之气，后来他果然就主政中文系，搞得很有中兴的气象。鲁德才先生倒是常能见到，听说他的学问很好，心里面存了尊敬。还有一位大才子罗宗强先生，他原来是中文系的人，可我们上学时被调到《学报》去了，"七七级"有同学毕业论文是他指导的，非常出色，罗先生也就成了我们心目中的传奇人物。可惜这四大才子一个也没有教过我们，只能远远地仰望——那时我还是一个非常羞涩的小女生，没事的话，绝不敢主动去跟老师们瞎搭茬儿。

教我们古典文学的先生也姓郝，郝志达老师，他也是一位严师，对我们要求得一丝不苟，也没任何客气好讲。记得讲到《诗经·东山》时，一共四段，他指定我们背诵第一段和第三段，说是下节课要检查。到了下节课，说到做到，果然就检查，而且他知道我们女生老实，偏偏叫起两名男生，一人一段。这两名男生可真为我们班争气，不仅悉数背上，还朗朗上口，喜得郝先生连连点头，从此对我们班免却背书检查。我很感激郝先生的严，《东山》全篇当时都背下了，记得就特别的牢，后来90年代初我到福建省东山县去，采访的恰好是当年被国民党抓丁到台湾去的老兵遗属，回来写报告文学，就采来《东山》诗古意，并用"我徂东山，慆慆不归"作为全篇的主调，回环往复，增加了感人的力量——可见老师们要我们好好读书的话还是对的，心中没有诗书垫底，文章也根本写不好。

后来的唐宋时期文学，教我们的是一位女老师，名叫张虹，她也给我留下深刻印象。虽说是老师，她也就比我大几岁，可能还不如我们班好几位"老生"大。她虽年纪小，资历浅，可是很要强，日夜苦读，殚精竭虑，想要把我们教好。看她往讲台上一站，摆开架势，熟练的话语一串串地甩过来，心里还真肃然起敬。不过她到底又是我们这个年纪的年轻女孩子，平时愿和我们女生走近，有一次聊天，她听说我写了一篇小说，非要看看，我心说你是搞古典的，怎么也看当代小说呀？没想到她看完以后，按照古典文学的分析方法，把人物、结构、思想性等等分析得头头是道，对我后来的修改给了很大的帮助，从此我方知道，一个人的水平若是高，做学问是相通的。可惜偏偏考张虹老师的课时，我因发烧没考好，只得了80分，这是我在整个大学期间最低的分数，到现在都心存歉疚，觉得对不起张虹老师。

六

然而，"七七级"和"七八级"，又是最桀骜不驯最有主见最不听话最不依不饶最难对付最不容易教的学生。

我们是极为挑剔、极为苛刻、极为严格、极为高傲、极为难"伺候"的一群。

我们也有着许多属于我们的意见和不满意。

比如有的课，内容太陈旧了，老师沿用的还是"文革"前的讲义，10年前的陈芝麻旧谷子，早发霉变味了，可是依然在讲。老师们也在努力想跳出旧框框，但是心有余，也力所不逮。

最不满意的，是教学的模式化和概念化。当时"文革"结束刚刚两年时间，"运动"的阴影还盘旋在老师们的心中，"左"的思想意识也还深深桎梏着教学，一切都还没有"改革开放"。所以，古典文学课、现代文学课、当代文学课、外国文学课，课课全是"社会背景""思想意义""艺术特色"三套式讲法，因此你就听吧，无论是李白杜甫白居易，还是巴金老舍曹禺，或是歌德雨果托尔斯泰，一讲全是"关心民众疾苦""反抗黑暗时代""直抒胸中块垒"，谁和谁都一样，连评价的语言都一样，简直分不出古今分不出中外分不出个性分不出高下，就好像上上下下几千年，中国外国的作家们全是一个模子刻出来的，可叹，可悲！

因此，我经常羡慕现在的大学生、研究生、博士生，他们今天学到的是真实的学问，而我们当年，做了多少无用功啊！

七

不过他们也得羡慕我们，当年，南开举办过一些特别让我们留恋的教学活动，使我们像含着一枚香气浓郁的橄榄，越咀嚼得日久，越能品味出悠长的香味。

那时，每年都要请社会知名作家和学者来讲学，记得听过的有李何林先生、郑雪来先生、孟伟哉先生，还有美学、社会学、心理学、经济学等等方面的专家学者，每一次都是一片新的蓝天，给我们心理上带来的强大的冲击力量，可能是校方根本想不到的，有的甚至直到今天依然在对我的思想施加影响！所以我主张要创造一切可能的条件，多给学生们开各种讲座，不管文科理科，都要开拓视野，首先让他们学到手的，不是背诵公式条文观点结论，而是如何与世界相拥抱的综合能力。

而在那众多闪闪烁烁的群星中，永远镌刻在心宇不会忘却的，要属来自海外的著名女学者、女词人叶嘉莹先生，我们有幸听了她两个月的古典诗词课。

叶嘉莹先生少小即接触古典文学，有家学渊源。40年代末移居宝岛台湾，后定居加拿大，专事古典诗词研究，达到很高水平。1978年她归国讲学，没选择北大而选择了南开，很使南开学子骄傲了一阵子。当时我们刚入校不久，一切都还懵懵懂懂的不明事理，但见"七六级"和"七七级"老生们，还有白发苍苍的老师们都兴奋地争听叶先生的课，我们就知道好，也狂热地卷进去。我因为起得早，自觉地担负起了替全宿舍占座的任务，只要有叶先生课的清晨，就夹着一大摞椅垫，早早赶到大阶梯教室，在最佳位置的第三排，播种一样地走上一遍，占上一长溜儿座。

等叶先生在掌声中走上讲台时，有着一百多个位子的大阶梯教室，已经挤得风雨不透了，一些晚到者坐到了窗台上。五十多岁的叶先生依然年轻，讲究着装打扮而又不露刻意之痕，每次都是一袭深蓝色衣衫，上面有一个胸花啊、一条丝巾啊等等小点缀，一头乌黑的头发则梳得一丝不乱，很风度很高雅很了不起很迷人也很高不可攀，我们全体女生没有不为她的仪态倾倒的，简直觉得她就是自己今后人生道路的典范。她讲课的声音也透出异质，有一种海外女华人所具有的特殊的韵味，抑扬顿挫，温婉文雅，做金石声，轻轻地敲击着我们年轻的心。

她给我们讲"古诗十九首"，讲曹操曹丕曹植，讲李白李贺李商隐，讲李煜温庭筠柳永，当然不是"社会背景""思想意义""艺术特色"老三段，而是带着感情，讲得有声有色有响有动有爱有恨有情有韵，记得她说得最多的一个词是"弃妇逐臣"，似乎把个人的人生艰难生命感悟难言之隐都唱叹在其中了。有时，她会在黑板上写上一串英文，顺带介绍"叙述学""比较学""符号学""模糊学"等等国外的一些研究方法。有一天，她还给我们吟了几首古诗词，是用一种古声古韵古调、抑扬顿挫地唱吟出来的，很奇特，很个别。记得那天她说："我年轻时不肯吟唱给别人听，是不好意思，现在不同了……"说这话的时候，她的眼睛里闪起秋水一样晶亮的光芒，我的理解，她又是在感叹自己的人生了……

不管家境贫寒的还是富足的，我们班的女生，后来人人都买了叶先生的著作《迦陵论词丛稿》，我从头到尾，认真地读过一遍。今天看来，当年懵懂无知的我，是把叶嘉莹先生神化了，因为后来我了解到，国内的一些学者，包括一些老学者，对叶先生的学问方法持有不同看法，评价褒贬不一，这在学术领域内是很正常的；后来我自己在拉开距离以后，也发现《迦》书中有某些我不能满足的地方。不过一个人年轻时候的印象往往会是放大的瑰丽夸张的美好，还往往是刻骨铭心的不易改变的，现在，写到这里，我还是忍不住站起身，小心翼翼地，从书柜里取出《迦陵论词丛稿》这部古风古雅的书。轻轻翻开，只见扉页上盖着我当年的印章，颜色依然鲜红。版权页上写着："上海古籍出版社出版 1980 年 11 月第 1 版。"

岁月啊，就这么静静地流走了……

八

一晃，一个 10 年。

又一晃，又一个 10 年！

算来，我已发表了二三百万字的作品，可我的笔，一直未伸进我的南开园——是感悟太多太浓密？是感情太痴太强烈？是感慨太深太汹涌？还是畏惧她的高度，害怕愚钝的自己表达不出来？

说不清楚……

可是我一直想写，"才下眉头，却上心头"，怎能忘怀我的南开！

今天，母校迎来了八十大寿，风风雨雨，天高地阔，我南开，依然屹立在茫茫苍苍的大地上，风雨不动安如山！终于鼓足勇气，写了此文，虽然拙陋，聊表心意，把它献给您呀——母校南开！

1999年4月20日初稿，4月29日定稿

悠悠心会

我与彦弟通信整整5年了。

5年间,寒来暑往,尺素不隔。双方都把各自的信编号珍存,时不时拿出来重读一遍,一颗心儿便如同被风鼓满的船帆,互相驶向友谊的彼岸……

呵,被挚友心心念念地记挂着,思念着,这是怎样的一种人生幸福啊!

人类社会,顾名思义,是人类共处于其中的世界。在这个世界里,人与人、心与心、灵魂与灵魂,日日、时时、分分、秒秒都在交往中碰撞。或产生电流,或产生火花,或像拍不起的瘪皮球,激不起一点反应。

"心有灵犀一点通",此话确有一番令人神往的意境。不过,心若没有那点灵犀呢?那么交往不就成为一种难耐的苦痛了吗?

我想,这是永远也说不清楚的事。要不,有的夫妻一个屋檐下厮守一辈子，有的同事一个办公室对坐几十年，就是没话，心灵间始终横亘着一片寸草不生的荒漠。

可人生也真的不乏夺人魂魄的火山爆发。古往今来，伯牙摔琴谢子期的事，代代年年。

其实，我与彦弟，素昧平生。

双方从未谋过面，连照片也没见过一张。时至今日，我不知他是高是矮，是胖是瘦，是黑是白，模模糊糊的印象里，只知他是清纯和美的化身。

正是这清纯和美，维系着我们姐弟的心灵世界。

初识的开端实在是平淡无奇。在一家报社做编辑的我，有天在一大堆来稿之中，发现了一篇数百字的小散文《呵，小园》。别看文章很短小，但写得神采飞扬，极其灵秀隽永，使我爱不释手，用心编辑出来，又把题目改成《小园》。

后来，《小园》变成铅字，在报纸上发表了。我给作者寄去两份报纸，并附了一纸短笺，大意是"再盼惠赐佳作"一类的套话。

这位作者，便是彦弟。

从此，便频频接到彦弟的来信。

在匆匆人生行旅中，碰到一个知己，实在是极偶然极困难的事。你想，几十万年的人类社会，有多少芸芸众生出入其中，而每个人，只不过能活上短短几十年。在难以计数的世人与你的几十年之中，你知道你的经在哪儿，你的挚友的纬在哪儿？

经纬相交，才称得上一个完整的人生。

这情形真有如寻找恋人。有的人，从青春年少直寻找至白发苍苍，也还是寂落凄零、茕茕孑立！

我每天都能收到不少作者的来信。因而起初,彦弟的信未能引起我的特别注意。加上他客气地把我称作"老师",这是我最不能接受的称谓之一,便也淡淡。用后来彦弟的话说,常常是他几封长信之后,才接到我字迹潦草的一页纸。

然而,世事到底拗不过人间的真情。渐渐的,彦弟的来信终于占据了我心中的一席位置。到底是他每封来信工工整整的楷书,还是对我每一篇文章的评点之情,或者是他改"老师"为"姐姐"的亲切的称谓……至今,我已记不清到底是彦弟的哪一点打动了我,从此拨响了我们即呼即和的心之琴弦。

于是,我写给彦弟的,不再是字迹潦草的一页纸了。我们从文学谈起,直至大千世界的各种声响、色彩,都成为我们的谈资……

古人云:"以利合者,利尽交疏。"

不用说,功利目的的交往,其结果往往令人齿寒。

现代社会科学技术的高度发达,为人类提供了诸如通信、电报、电话、名片等等越来越多的交往形式。近年来还兴起了"公关"热。用时下最流行的"公关学"理论来说,你交际得越广泛,则你个人的价值实现得越好——因为你建立的"社会关系"越多,就证明了你所掌握的"社会财富"越多。说得刻薄些,"朋友"成了"财富"之源。

当然,从某些企业公司图发达的"公关"角度来说,这样的做法并不为过。可是在挚友之间,在一颗纯美的心与另一颗纯美的心为着一片纯美的精神境界而碰撞之时,就不能投有任何"公关"的阴影。

心之琴瑟,友谊大乐,不可掺杂任何浊气。浊气生,则音走神伤。

在我的办公桌里,排列着半抽屉名片。不知为什么,面对这多得吓人的名片,我却经常有种置身荒漠的空落感。我问自己,你到底想要什么呢?

这么多名片,没有一张是彦弟的。而且我也从未给彦弟寄过我的名片。

彦弟远居于千里烟波之外的 G 市。他从小在椰风蕉雨的山区长大,称自己为山林文化的传人。而我是属于都市文化的一群。两种文化,相距远矣,维系着我们神交的,恰是文化上的互补——对各自文章的评点、读书之后的交谈、各种人生难题的探索等等。这里面没有任何官位、头衔的计算,也没有任何利益、虚荣的纠葛。双方心态都恢复到了人类最初的本真。

彦弟曾这样论说过我:

> 你还有东西需要克服,比如意和象的水乳交融。这个克服相当严峻、痛苦,需要把审美注意集中在平凡日常作深一层的思考,而后熔铸出你的语言来。你审美注意经常所及的地方熠熠生辉,注意得不够的地方就有所逊色,这不是语言问题,而是对生活的修炼问题。

这些评点,时时给了我一种高品位的美学享受,化作一股强大的精神力量,支撑着我应付变幻莫测的社会人生。有时,当我感到活得累极了,想躺倒的时候,会不由自主地用彦弟来激励自己。一想到彦弟希望我义无反顾地朝前走,我便抖擞起精神走下去。

从未谋过面的彦弟,何以这么强大呢?我也曾无数遍地思索这个问题。

在我们每个人身边,谁没有几十个朋友呢?鸟需巢,蛛需网,人需友情。就算你有温存体贴的爱人,也还是少不了声息相通的朋友。

可是人为什么还寂寞呢？人海茫茫，潮涨潮落，孤独者多如岸边的沙粒。尽管人们白天东奔西跑，参加各种活动，结交各路人杰，生活得不能不说热热闹闹。可世界就是如此无情，一旦从闹中转入静，便顿觉失落，备尝缺少知音之苦。

这是否也算是一种人生无奈的悲哀呢？即使是最优秀的人，也不会拥有很多挚友。挚友者，知己也。鲁迅先生曾有言："人生得一知己足矣。"

于是，我就思索，究竟朋友多些好，还是少些好？"多个朋友多条路"，这是古训俗见，似乎有理得很。可是，当我处在静默之中，我倒更希望朋友少些。梅特林克有句名言："我们相知不深，因为我不曾与你同在寂静之中。"德谟克利特也曾说过："单单一个有智慧的人，要比所有愚蠢的人的友谊还更有价值。"

寂静有时能产生智慧。两个寂静的人，能够产生加倍的智慧。

因此，我要说，当你拥有一个无话不谈的挚友，他就是你世界中的太阳。

彦弟跟我要过照片，我没给。我也从不曾索要过彦弟的照片。在有一封信里，我还对他说：

> 你远在偏远的G市，也许我们此生此世根本不能谋面。这样也好，留在我们各自印象中的，总是理想化了的纯美的对方。

世事就是这样，有些事必须永远蒙着一层面纱，不能尽皆揭开。贸然揭开了，失却了理想中的神秘色彩，则会失去魅力的。

我承认，彦弟也承认，我们彼此心目中的对方，都是在带有感情色彩的审美上，予以艺术的加工和重塑了。这其实已经不是本来面目的我们个人，但这又有什么关系呢？

能常常地把崇高的情绪传达给对方，于不经意之间互相激励着，使双方都变得更趋高尚和美好，这不是乐莫乐兮的一件幸事吗？

当着寂寞的世界上太缺少友谊之时，我和彦弟彼此在心中葆有这份慰藉，可谓人生的至高境界。

念及此，我真的不敢设想与彦弟见面的情形。我是怕——怕他眼中的我跟他的美好想象全然不同，也怕我看到的他根本不符合我的认可——因而败坏了我们内心深处的殷殷亲情。

俗世意义上的交往，已无力承起我们之间这份海一样深的挚情了！

彦弟到底年轻我几岁，在这人生的微妙处，阅历浅了一些。他想象过我的模样、声音、气质、性格，我却从未想象我的彦弟是什么样子。我宁愿什么都不想，只永远地保留着遥远山林中的那个模模糊糊的身影。

我想我是对的。美应该是亦真亦幻的云霓流彩，不应该是一幅定格的照片。照片是嫌太精确了。即使是精确到极致的美，也失却了美的神韵。

如同大千世界既有鸟语花香，又有雨骤风狂一样，人生羁旅之中，也不总是鲜花美酒。

有时，交友莫若不交。

你想，不论是出于神明的意志还是命运使然，你的一颗心与另外一颗终于交合了，激荡地跳在一起。可惜还未等你尝尽其中的无限欢乐，神明就又把你们分开了。

这一种打击，比起从不曾体味到友情的欢乐，更令人不堪。因为它已彻底打破了你内心的平衡，使你于乌云散处，看到了一方蓝天；可倏忽间，乌云又遮蔽了天宇。

既然你已看到纯净明丽的苍穹确实存在着,便会为这方神圣的蓝天永远苦苦追寻。

彦弟来信称,他做过一个噩梦:梦见我到了 G 市竟然没有通知他。后来我们匆匆相见,只说了几句无关紧要的话。

心之所梦,魂之所系。

在漫漫长夜里,我的心有时也会被一阵突如其来的觳觫之感所攫住——担心失去彦弟。

无论是我欢乐得大声唱歌还是悲哀地沉沉哭泣之时,无论是在"静"中还是"闹"中,无论是在"朝前走"还是"想躺下"的状态下,我的心都无时无刻不在与彦弟相交流。

因为得之益难,所以求之弥珍。我已不能没有彦弟。

我和彦弟之间还未有过任何裂隙。一位兄长曾对我说:"误会和风波有时会得出好的结果,完成漫长时日才可完成的东西。"我明白这话中蕴含的深刻道理,但这当然只限于经常接触在一起的朋友。像我和彦弟,远隔关山千重,还是不要产生这种难以名状的人生蹉跎吧。我倒更愿意为彦弟做点什么事。有时,我竟痴想;若彦弟患了什么难,第一个去帮助他的,一定是我。

朋友是另一个自己。

有好消息传来:

彦弟的《小园》荣膺了该省的最高文学奖——"十年优秀散文奖"。我高兴得无以复加。

我也曾得过几次文学奖,但从未有一次像《小园》获奖这样引起我的激动和兴奋。为什么?我不知道。

——其实,我亦知道。

此刻，远在天边上一样的彦弟，你在干什么呢？你能否想到姐姐正在为你写这篇小文？

不，这不仅仅是为你一个人写的，而是带着我美好的祝愿，写给普天下所有纯洁高尚、重义忘利的朋友们的。

我愿人世再多几分真情。

我愿人们变得更加真诚。

1990 年 8 月 15 日

有话对你说

一

不知道你在哪里，有话对你说。

昨夜的一场寒雨，把已经凋零得所剩无几的北方，又剥离去一层。抬眼望过去，苍白的天空上，什么也看不见，光听到一支肃杀的悲秋之曲，反复回旋冲撞着，令心绝望。把眼光收回来，期望大地，僵硬的大地裸露出来的，还是大片大片的苍白，连金黄色的落叶也见不到几张。

天间地间虚空间，皆然一片白茫茫……

于是，感觉也不对了，好像这世界上的五彩缤纷——声响、色彩、图像、山、水、人，凡是代表着鲜活的、向上的、生命激情的花叶，突然间都从眼前消失了。

只剩下茕茕孑立的我自己！

我立时慌了神。虽然平时在茫茫人海中，在喧嚣中，时时刻刻都在祈求一个神示的所在，一心想进到那个没人的地方，独处。可是当真的发现只剩下自己一个人时，内心里立即被极度的恐惧重压失衡，凄凉地呼喊着你，求你来救我！

二

不知道你是否听见了，有话对你说。

从那残酷的空白中，我突然体味到悲悯的情怀。

生命是多么的短促。生老病死，花开叶落，在冥冥之中，主宰着我们的神，一点也不肯网开一面。

那么，我们应该多么认真地加倍珍惜地走完自己的生命历程。

可是，为什么，我们又总不能如此呢？

有着那么多规矩、限制、禁锢、忌讳、阻碍、条条框框、流言蜚语……蛇一样地缠绕在我们的身上。就连哪怕心灵的一次微颤，也逃不脱它无时不在的刻毒的眼睛。于是，一颗心儿终日沉甸甸的。就连对谁多一个微笑，多一点亲情，也似乎犯罪似的检讨不已。有那么一天，不知是缺了哪根"筋"，我忽然说出了一篇真话，自以为是天下为公的境界，可以起一点惩恶扬善的小小作用。不料，朋友们的电话"叮铃铃"的全来了：

"你怎么了？你！真话是只能够长在心里，不可以随随便便说出来的。"

"你以为只有你最聪明，只有你看到这个世界的丑陋了吗？完全不是，别人比你早一千年，早就明察秋毫了。"

"怎么能够赞扬人呢？没被你赞扬的人，或者被你赞扬的人的对手们，会怎么想？"

"批评就更加不能够，哪怕是人人都厌之唾之声讨之的无赖，你看吧,当着他的面,人们还会去跟他握手,扯淡几句天气、身体一类的废话。"

"人啊,本来活着就不易,你干吗还要没事找事?要知道,一件珍贵的东西,得之弥艰,毁之殊易!"

……

我完全蒙了。想了半天,才说出一句久藏在心里的话:

"我只是想让这个世界变得美好一些……"

谁知道我的话还没说完,朋友们还没来得及再气急败坏地教训我,缠在身上的那条蛇忽然扭动着黑色的身躯,"啪啪啪"地笑开了。它这会儿大概心情正好,笑得上气不接下气,然后突然顿住,像哲学家似的教导我说:

"你、不、是、救、世、主。你、不、但、惩、恶、不、成,那、些、恶、棍、还、会、把、他、们、全、部、毒、计、都、集、中、起、来,对、准、你。等、着、吧,你、好、好、等、着、吧,他、们、会、整、天、整、日、地、追、逐、你,搅、得、你、再、也、不、得、安、生。"

说到这里,它响亮地甩了一下尾巴,"啪啪啪"地又笑起来。后来又吐着红红的芯子,加了恶狠狠的一句:

"他、们、至、少、会、追、逐、你、一、百、年!"

"哦、原来是这样。"我大叫一声,胸膛轰然裂开来。一股久蓄的沉重呼啸而去,顿时豁然开朗,无比轻松。我感到久已沉闷的怠倦的心一下子有了力气,浑身的血脉都汩汩地奔腾起来。

我转身扑到钢琴上,弹了一曲我心爱的《拜厄第66号》钢琴曲。我的彦弟曾经告诉我:他从这首曲子里,听出了一个倔强的、昂扬的、渴望为真理而冲锋的灵魂。

三

不知道你能否理解我,有话对你说。

钢琴的余音还在回荡,我却潸然垂下头,沉进人类的大悲哀里,心里堵得疼。

对别人,我一天比一天沉默。

我只想逃回自己的窝里,依在你温馨的慰藉里,歇息。

不是因为胆怯,也不是因为没有能力,而是因为极度的失望。

不知道你是否体味过那种心里有话,却无以对人倾诉的痛苦?这是精神的苦役。刚才我走在大街上,被淹在人流之中,竟突然茫然失措。穿着漂亮的男人、女人们,各自向着他们的目标,急急忙忙地走着。而我,却突然不知道要走向哪里?要做什么?我甚至迷惑地失去了自己,被人群的惯性所裹挟,脚机械地挪,心却在空洞洞地流血……

我就去找我的朋友们。可是他们都出门了,有的去凭吊圆明园的废墟,有的去赏玩香山的红叶,还有的在石景山游乐场翻江倒海……

我就去找我的文友们。可是近在咫尺的在忙于吟诗作文写小说电影电视剧,天南海北的又是路也迢迢,心也迢迢……

我就去找我的老师。可是他已经顾不上我,面对着新一茬学生,他的心已被拴在他们身上……

我就去找我的亲人。可是高堂虽健在,两座肩膀的大山却已被岁月的流水冲得坑坑洼洼，我不忍再去依傍他们；兄弟姐妹们一个个都没精打采，各自挑着一副沉重的日月星辰，无暇再顾及我；我可爱的小女儿呢，眼睛里清澈无比，一颗率真的心在叽叽喳喳地唱，我又怎能忍心去折断她的翅膀……

我就去找我的书。可是书太智慧了太原则了太形而上了，你听："希望是坚固的手杖，忍耐是旅衣，人凭着这两样东西，走过现世和坟墓，迈向永恒。"（罗高恒）他说得完全正确，大智大慧，可是要命的是，我还没有修炼到那么高的境界还顾及不上永恒……

最后，我又去朝拜宗教。九华山、峨眉山、五台山，碧云寺、灵隐寺、普宁寺，我寻寻觅觅地都去了。仙山道远，路陡雾大，都没能阻遏住我的决心。可是释迦牟尼只是慈眉善目地望着我，不语。我又去到天津，走进巍峨的天主大教堂。教堂好高啊，凌云盖顶，直达天国，然而我却只看到了痛哭流涕的信徒们，没有见到上帝……

上穷碧落下黄泉呀！

我忍不住大声地哭泣起来，一边哀哀地继续我的踩跞。一路上，不断有好心的路人拦住我，问我怎么啦？我再也顾不得什么规矩、限制、禁忌……呜咽着告诉他们：我在找你！

四

不知道你是否接纳我，有话对你说。

在经历了一连串如熬如煎的心路历程之后，我开始想到生，想到死，想到活着到底是为了什么？

太阳为什么是红的而不是黑的？

江河为什么要流动而不愿静止？

女人为什么一定要美如莹玉而男人为什么一定要成就功业？

…………

这些最基本的念头，愚蠢地纠缠在我的脑子里，像四月的阴霾一样不肯散去。我被折磨得形容枯槁，奄奄一息，终于懂得了什么叫作抑郁而疾。

我觉得有些受不住了。胸口一阵阵发闷，喘不上气来。

我真想躺倒，不再思，不再想，不再哭，也不再急，只要宁静地睡入天国。

可是我还年轻如诗，黑发如瀑，明目达聪。这个世界的许多还没有经历没有体验，心中的激情还没有完全被湮灭，幻翼还在渴望着拍击。闭上眼睛固然是一片迷蒙，可是睁开双眼，周围尽还有阳光、月色、春花、秋果……还有亲情、友情、爱情……

于是，只有努力排解。

我登上泰山去看壮丽的红日，我跳进大海去做美丽的人鱼。我拼命地工作，想要忘却——忘却自己是谁，忘却世界是什么。最好换一个太阳，换一个自我，换一个轻松一点的世界。

可是，我却失败了。惨败。

于是，我终于明白了：靠我自己不行，真的不行，我还是必须找到你。靠在你大山一样的胸膛上，哪怕仅只歇息一刻。

你不知道，傍着你的心，我才有继续走下去的勇气。你是我信心的灯塔，因为有了你，生活才不再孤寂，孤寂才不再痛苦，痛苦才不再难耐。过去，人都说我是一个温文尔雅的女孩，我以为，支离破碎的我早已永远地失却了这份温柔。可是如今，我发现我的心还是热的，还在有力地跳动——为了你，我至少还能跳动一万年。

我就大声地呼你喊你，加快脚步追赶你。只要能够找到你，我不怕走过遍布毒蝎的沼泽，不怕蹚过鳄鱼成群的河流，不怕穿过毒蛇缠绕的树林，不怕越过虎狼出没的山冈。宁愿历尽九九八十一难，宁愿如夸父道渴而死，也要找到你！

我也不明白是什么在支撑着我，只知道心里在一遍一遍地对你说：

"愿把我的手给你，

愿把我的心给你，

愿把我的生命给你……"

真的，愿把我的一切一切，统统都给你！

五

不知道你到底在哪里呀，我急急忙忙地想要快些找到你，有话对你说。

我托过风，让风吹遍茫茫天宇，找你。

我托过雨，让雨流向滔滔大地，找你。

可是，不知道你是故意铁着心，还是真的没听见，我怎么到处也找不到你？

也曾经有人朝我伸过手来，温存兮热情兮令我心窝发热；

也曾经有人朝我绽开微笑，真诚兮灿烂兮令我心旷神怡；

还有人把整个身心都来拥抱我；还有人把整个生命都来贴近我；还有人把整个胸怀都来包容我……

每一次我都欣喜得大笑大跳，以为终于找到了你。可是最后，却又夹着哀哭或伴着冷笑超越过去。不，他们都不是你，尽管他们不乏智慧与才华，不乏哲理和警句，不乏异邦的故事域外的风情，不乏人际的经验处世的圆浑……这些对于生命总不成熟的我来说,都弥足珍贵。可是,我的一颗心太沉重了,他们都负载不起,我想找的,只是心心相印的你。

找你,找得真苦呀!就像歌中唱的:像生一样苦,像死一样苦,像梦一样苦,像醒一样苦……

不过,苦到极处,甜,能够降临吗?

我祈祷!

六

说了半天,还不知道你到底是谁?!

是海、天、神?是儒、释、道?是古希腊的宙斯?是西斯廷的圣母?是大智大慧者亚里士多德、黑格尔、伏尔泰?是大作家大诗人莎士比亚、歌德、托尔斯泰?

不,都不是。

你就是你——我心中实实在在的有话对你说的你。

1992年1月30日

(本文1997年获首届中华文学选刊奖,1998年入选北京大学出版社《百年文学经典》。)

外交部街深处

送走了一场撩人的春花雨,我独自走到我们胡同东口,静下心来,想要细细寻觅一番。

一

这是一条多么熟识的胡同,名"外交部街",位置在北京城市中心的中心:南接东单长安街,西临金街王府井,往北面上去是中国国家美术馆,往东一拐就看到了北京站的报时大钟。一环以里的位置,是元大都的最早发源地片之一。即是说,如果把今天1641平方公里的庞大北京比作一朵大花,那么这条胡同可堪称是花蕊的心脏。

这是一条多么熟悉的路,我从5岁起就投入它温暖的怀抱了。半个多世纪来,每天东来西走,从咿呀学语一下子就走到了两鬓斑白。

问问胡同里的每棵大树、小树认识我不？问问一根根哨兵似的电线杆子认识我不？问问每一块马路牙子认识我不？是的，它们一起笑吟吟地回答："认识认识，你是韩小蕙，你是外交部街的女儿。"

周围胡同的名字，有"东总布""西总布""东堂子""西堂子""新开路""北极阁""干面胡同""甘雨胡同"……唯我们这条胡同后面缀了一个"街"字，为此曾引起多少误会，误以为它是一条街。其实不然，回归历史深处，它最初是叫"石大人胡同"，望文生义，可轻易推测出这条胡同里曾有石姓的高官大人府，确然这说的是明朝将军石亨。石亨曾是一代名臣于谦手下的一员虎将，在"土木之变"后的北京保卫战中，临危授命的兵部尚书于谦举荐石亨任京营总兵。石果然英勇善战，一举击败南侵的瓦剌军，保住了北京，成为家喻户晓的护城骁将。但后来在景泰七年（1456），乘明代宗重病时，石勾结宦官曹吉祥等发动"夺门之变"，协助英宗重新登上皇位，因此被赐封为武清侯。英宗还赐他在今外交部街胡同地面上营建府第。石自恃功高，将石府建得浩大宏阔，几乎占据整个胡同路北的四分之一，比一般王府还大，用今天的话说绝对是"超级别、超标准"的豪华腐败建筑，不仅违背了祖制，也大大冒犯了皇家威权。后来眼见着石亨越来越骄横跋扈，结党营私，更引起英宗的猜度与不安，终以"图谋不轨"罪名将石下狱治死，庞大宅第没收入官。所以，历史的经验值得注意，"满招损，谦受益"，老祖宗的话还是智慧的护身符，人无论到了什么地步，都绝对不可以狂妄轻浮，用老百姓的话说即"得知道自己姓什么"！

嘉靖年间，鞑靼族首领俺答率军侵扰西北边境，嘉靖帝派咸宁侯仇鸾为大将军前去剿敌。仇鸾贪生怕死，不战即请人疏通议和，屈辱示弱退兵，回京后又谎报军情，骗得龙颜大悦，将石大人府赐予仇。后败露，被革职，忧惧而死，此大宅再次被没收入官，又赐给成国公朱庚。

转眼到了万历年间，明神宗女儿寿宁公主出嫁，她是神宗最宠爱的女儿，神宗便将这座大宅赐给寿宁公主驸马冉兴让。冉驸马是什么背景有点难考证，后人只知其有雅兴，重建了石府，堂皇富丽，还新添了优雅园林，取名"宜园"，时人形容其"鸟语藏深处，云光断远山"，被誉为京师八大名园之一……

老百姓们可闹不清这些宫斗和宦海里的沉沉浮浮，也记不住一换再换的园子主人姓是名谁。日久年深，张冠李戴，于是，"石大人胡同"便稀里糊涂地变为"石驸马胡同"……

又一眨么眼，三百年大清朝，马嘶人喊过去了。在三十年民国的风云际会中，寿宁公主的大宅子也即宜园的一部分，变成了实行新式教育的"大同中学"，并很快就与当时蜚声京城的贝满、育英、汇文、辅仁大学附中等其他几所中学一同扬名天下。大同中学虽然只占用宜园的一部分，但那校舍也在胡同中部占了好大一片，北面一直延展到东堂子胡同，院内的大屋顶老建筑亦一直都没动。再后来新中国建立，"大同中学"被改名为编号的"二十四中"，在北京市的中学排名处于中上游水平。上世纪60年代，有一个哲学词汇"一分为二"是很走红的社会学概念，二十四中竟也被一分为二，成为"二十四中学"和"外交部街中学"。再再后来呢，外交部街中学又被更名为"一百二十四中学"。新千禧年里，不知又是哪一片云彩飞来，两校又合二而一，回归"大同中学"旧称——真是的，潮起潮落，云卷云飞，往雅了说，这不叫"折腾"而叫作"分久必合，合久必分"。

二

我这个北京话中的"小丫头片子"，居然就在外交部街中学里厮混了两年半时光。那是最宝贵的青春年华呀！并非是我主观想"混"，而是被强制地"混"着日子：今天到农村拔麦子，接受贫下中农再教育；明天在学校里脱砖坯，说是苏修要打来了，必须深挖防空洞，便烧出许多许多、许许多多的红砖。只有在初三的上学期，突然传来伟大领袖的最新指示"要复课闹革命"，一时，老师们亢奋得腰都挺直了，无须动员，一个个"蠢蠢欲动"，在连课本都没有的荒谬面前，苦口婆心地教我们学会了"狼赖扶柴门毛"（"Long live Chairman Mao！"英语："毛主席万岁"）。

我还被教会了一元一次方程，那是我这辈子最惊艳绽放的与代数拥抱的蜜月期。小学5年级即遭遇"文革"，北京从1966—1968年学校关门，我6年级的功课连一点儿也没学，就以"小学毕业"身份被分配进了我的胡同中学。此前那动荡的两年里，我们大院里有一位大医将他的4个孩子关在家里，亲自督学数理化；而我的家长被批斗，整日凄凄惶惶，自顾不暇，我也就"自由化"了两年。这一"复课闹革命"指示来临，我感到自己可就惨了，根本不知道代数为何物。张老师嘴里的"正数""负数"，在我简直是魔法世界的语言，完全听不懂他在说什么。后来换了王老师，是位留用的"旧知识分子"，他的课就像是一把一把钥匙，一点一点打开了同学们心中的锈锁，也教我重新找回了学习的快乐。记得后来学了半学期以后，学校顶着"右倾翻案"的无限大压力，搞了期中语文和数学考试，语文是默写生词，这对于两年来整天以"黑五类子女"身份囚在家里"自由化"看书的我来说太不难了，所以我就成为全班唯一的满分；数学就两道题，难得上了九霄云天，我憋到一节半课的时候，终于用一元一次方程给解出来了，班上另一个女生即那位大医的女儿，用三元一次方程解出，我俩的得数一样，老师证实都做对了！班上一共50来名学生，只有我们两个女生做出了那道题，这件事真给我自信啊，比后来我拿到新闻界最高奖还价值高。从此,我就喜欢上了数学,后来进工厂做工后,还坚持自学完初中三年的 6 册数学课本,此竟成为我 1978 年考上大学的一个关键因素,人生真是步步连环啊!一直到现在,我也还没放弃对数学的向往,前些时在微信上看到 10 道数学测试题还忍不住做了做,结果做出了 8 道,对了 6 道!我认为数学和语文其实是并蒂莲,在我们看不到的高空中,它们就合二而一,结成一颗自然果——就像当年吴冠中先生和李政道先生做过的一个有趣的私人小"游戏":吴先生请李先生用高能物理的科学思维方法写出他读自己绘画的感受,他则把自己对高能物理的理解用一幅画表现出来。最后,两个人都做了出来,发现双方在高处互相"通电"而会心一笑。吴先生讲起那件事时兴致勃勃的,还拿出那幅画给我看,上面画有许多大大小小的"行星",在沿着各自的轨迹运行着。当时我的领悟即"世界就是一个'一'",老子所言"一生二,二生三,三生万物"的"一",吴先生笑呵呵地颔首。所以,什么语文——数学,什么文科——理科,什么艺术——科学,这全是我们人类愚昧的自我矫情,在"上帝"面前,哪儿有这么多无聊的分野……

  话题扯远了,还是回到我的外交部街中学生涯:1970 年 6 月,正当我的学习有点起色时候,突然变故又来了,说是由于连年把知识青年都送到广阔天地去了,北京市就严重缺乏劳动力了,就需要把我们七〇届的一半学生提前分配进工厂了。于是,我就黯然告别了外交部街中学——之所以"黯然",是因为心情极为复杂,一方面庆幸能进工厂,留在京城里不用上山下乡了;又不甘心以这么低级别的学历就终结学生时代;第三,心里总还是存有一个上学梦,自小的理想是考上当时北京市排名第一的女校师大女附中,然后考北大。现在若去了工厂,万一要是下半年恢复高中了呢?虽然我一直对自己被强行塞进的这所胡同中学耿耿于怀,在老长时间里觉得她"委屈"了我,但现在突然要我离开,我心里还是涌起了"念去去千里烟波,暮霭沉沉楚天阔"

的惆怅。

非常感念几位老师：第一位是数学王祖容老师，就是我前面提到的"解锁"老师，在那价值观严重混乱的年代里，他竟然天才地调动起班上每一个学生、包括所谓的流氓学生，跟着他对数学感了兴趣，造成了我们全班都很热忱地上代数课的奇观。还有年轻的女教师常老师，她并不教我们班，却对我极为幼稚的少年诗作大加鼓励，简直像明灯一样照亮了我的心……可惜我那时少不更事，并不知学校脚下的土地即寿宁公主的宜园，不然，怎么着也得像黛玉葬花那样，寻寻觅觅一番两番哈。

常老师细眉细眼，扎两根细短辫，有点儿南方口音，比我们大不了几岁。后来我惊讶地发现，她就住在外交部街胡同西口，与我们协和大院斜对门的一个小四合院里。

三

今天那院子已破败不堪，被一间间支出来的小厨房挤得早就变了形，成为一只这儿那儿开了口的馅儿饼。但据考证，就在它的小院西面，曾建有"墨碟林"西餐厅，是北京最早的西餐厅之一，服务的"基本群众"是协和大院当年那些从美国来的洋大夫，商人嘛鼻子最好使，哪儿能赚钱他们就能及时地出现在哪儿。今天，朝西一面的原建筑还在，其西洋的装饰风格尚存，但也仅仅限于这点儿钢筋水泥上的意义，"墨碟林"早消失了，早早变成了为普罗大众填饱肚子的平民饭馆。而且还经常"城头变幻大王旗"，昨天还挂着"云南米线"的招牌，今天就换成"杨国福"了，好在它们的服务对象也换成来协和医院看病的芸芸众生，不求吃好，只图填饱肚子，加上便宜和快就行啦——有些当下时代不管不顾，只要把钱赚到手的味道？

这是说的胡同西边，而在胡同的紧东口，曾发生过一件特别神的事：那是1979年冬天，我从天津放寒假回到北京，某一天的某一刻，走过胡同东口1号院的瞬间，刚好邮递员在喊："1号院里有叫韩小蕙的吗？谁叫韩小蕙？……"我条件反射地答道："我是韩小蕙。"他随即递给我一封信，是我同学写来的，她只知道我住的协和大院是胡同西口的第一个院子，却不知道北京胡同的门牌号均是从东往西排序的，1号院是胡同东口的第一院，到了胡同西口，我们大院已经排到59号了——然而可真是上天佑我，不然怎么会那么寸，就那么几秒钟工夫，我恰巧从那儿路过！

也是直到今天寻根到此，我才知道，这外交部街1号院，原来竟然是著名京剧艺术大师李少春先生的故居！少春先生出身梨园世家，工武生、老生、文武老生，是京剧"李派艺术"的创始人。他自幼在家中受到艺术熏陶与严格的庭训，十分刻苦，终于练就一身硬功夫。1934年年仅15岁，就在上海与梅兰芳同台合演《四郎探母》，得到梅大师的称许和观众认可。1937年在天津演出，声誉大起，一跃成为头牌演员，此时杨小楼已去世，余叔岩已不再登台，他驰骋于京、津、沪舞台上，一时成为一颗耀眼新星。1949年以后，这位文武全才，不可多得的京剧表演艺术家，出任新中国实验京剧团团长、中国京剧院一团团长，并于1958年加入中国共产党。此时他的艺术创作热情达到高峰，与袁世海、翁偶虹结成艺术集体，连续编演新剧，塑造了杨白劳、李玉和、少剑波等角色，成功运用传统京剧表演技巧塑造现代英雄人物，使国粹艺术得以保存并发扬光大。可惜这么一位京剧功臣，却在"文革"中惨遭迫害，于1975年黑暗即将过去时驾鹤西去，年仅56岁……唉，唉，唉，哇呀呀！

外交部街住过的名人还有侯德榜、陈雪屏、华南圭。

侯德榜先生（1890—1974）是著名科学家、杰出化学家，"侯氏制碱法"创始人，世界制碱业的权威；同时还是中国重化学工业的开拓者，近代化学工业的奠基人之一。他出生于福建闽侯县一个普通农家，青少年时代得姑妈资助在福州英华书院学习。1911年考入北平清华留美预备学堂，曾以10门功课1000分的不可思议的优异成绩誉满清华园。1913年入美国麻省理工学院化工科学习，又陆续进入普拉特专科学院和哥伦比亚大学研究院学习、工作，获得博士学位。由于学习成绩特别优异，在校期间即被接纳为美国科学会会员和美国化学学会会员，其博士论文《铁盐鞣革》在《美国制革化学师协会会刊》全文发表，并破格予以连载，至今还是世界制革界广为引用的经典文献之一。1921年，侯德榜接受永利制碱公司总经理范旭东的邀聘，离美回国，满腔热情承担起续建碱厂的技术重任，并在短短几年间突破氨碱法制碱技术的奥秘，主持建成了亚洲第一座纯碱厂，其主要产品红三角牌纯碱1926年荣获万国博览会金奖。侯德榜一生在化工技术上有三大贡献：第一揭开了索尔维法的秘密；第二创立了中国人自己的制碱工艺——侯氏制碱法；第三为发展小化肥工业做出了贡献。他的一生充满传奇色彩，培养了很多科技人才，桃李满天下，备受敬重。但在"文革"中被冠以"资本家"罪名，一度无法工作。最终，他也没熬过"十年浩劫"，带着疑惑与苦闷死于1974年，享年84岁。

陈雪屏先生（1901—1999）生前是台湾大学心理学系的教授。从1930年代起曾于北京师范大学教育系、北大理学院心理系任教，曾代理国民政府教育部长。后出任过台湾省教育厅长、"行政院"秘书长等职。顺便介绍一句，他的女婿是大陆知识界人人皆知的当代华人世界著名历史学家、汉学家余英时先生。

华南圭先生（1876—1961）毕业于法国公益工程大学。归国后，在 1928 年到 1929 年担任北平工务局局长期间，制定了《北平河道整理计划》等；提出了整治永定河及修建官厅水库，将景山、中南海辟为公园等意见；还主持辟出沙滩经景山前门至西四丁字街的道路，辟出地安门东大街等为民造福工程。新中国成立后，出任过北京都市计划委员会总工程师、顾问，其间他的许多提案都获得采纳，比如建设煤气工厂，在北京东郊建设工业区，为北京市全部胡同路面铺沥青，继续对永定河的整治并修建官厅水库，开通京密运河并修建密云水库等。老先生比较幸运，于 1961 年仙逝，享年也是 84 岁。现今，华先生家的二层小洋楼还在，簇拥小洋楼的小院子也还在，大门处还有一株几百年的老香椿树，掐下一朵小叶，凑到鼻尖嗅闻，清香如故。

四

不过，你若以为我们胡同仅仅停留在此高度上，便也未免太小觑外交部街了。为什么它能被称作"街"？是因为它系着数百年、甚至是中国近代史的际会风云呢！它与孙中山、宋庆龄、袁世凯、傅作义、周恩来、陈毅、黄华……都有过交集呢！

1912 年，它亲眼看到图谋称帝的窃国大盗袁世凯，满脸堆着虚伪的奸笑，不得不暂时躬下身来，恭恭敬敬地在这里迎迓孙中山和宋庆龄。当时孙为遏制袁妄欲称帝的狼子野心，凛然将自己的第一任中华民国临时大总统位置让与了袁贼。而袁贼却玩出种种花招，就是不肯到南京履行仪式，并擅自于当年的 3 月 10 日，在北京的"总统府"宣誓就任中华民国第二任临时大总统，盗取了革命成果。

这"总统府"即今天的外交部街 33 号院。1907 年清政府实行"新政"以后，为准备招待来华访问的德国皇太子，特命外务部在石大人胡同建迎宾馆，并聘请美国土木工程师学会会员詹美生负责将之修建成一座完全西洋式建筑。该馆于1910年建成，成为清末所建最豪华、质量最好、也是最地道的西式风格建筑群。整座院子造型宏伟，楼宇全部雅典神庙式屋顶，罗马大柱，维多利亚门、窗、卷帘、花饰……此外还"庭前碧柳垂阴，芳草宜人。浓荫深处，参列铜制鹿马数具，洵佳境也"。但是后来，计划中的德国皇太子访问并未成行，迎宾馆也就没用上，倒是被袁世凯盯上了这块风水宝地，1911年，时任大清国内阁总理大臣的袁贼将内阁设在迎宾馆内，还在这里谋划了南北议和以及逼迫清帝退位等大事件。

袁贼就任民国大总统后，国内反对声浪迭起，尤其政府与国会屡起冲突，内阁不稳。在此情况下，诡计多端的袁世凯多次邀请孙中山入京，想借孙的威望巩固自己的势力。1912年8月18日，孙中山抱着疏通南北意见的良好愿望赴京。袁为表示礼让，将总统府迁往铁狮子胡同的陆军部，腾出迎宾馆作为孙中山和宋庆龄的临时居所。孙在北京的25天里，共与袁世凯长谈13次，并在迎宾馆内接见了包括逊清王朝摄政王载沣在内的各界人士以及不少外宾。经过他的努力调解，组阁危机彻底化解，政局得以稳定，一时，社会上呈现出一派安定祥和的景象。

9月18日，孙中山离京后，袁世凯的内阁政府没搬回来，原在东堂子胡同的北洋政府外交部迁入迎宾馆，从此，"石大人胡同"更名为"外交部街"。著名外交家顾维钧曾在这里担任过外交总长。日伪时期，伪"临时政府"、伪"华北政务委员会"设于此。抗战胜利后，这里又成为傅作义的北平警备总司令部……

新中国成立后，周恩来总理在几个备选的地点中，拍板将这个大院定为中华人民共和国外交部所在地，时兼任外长的周总理，后来的外交部长陈毅,都曾在这座大院里办公,直至1966年"文革"浩劫前外交部搬至东四大街新址。可是我又浑浑噩噩、糊里糊涂了,我儿时的记忆里,从没见过威风凛凛的车队、前呼后拥的武警在胡同里出现过。那时的司长局长们,也都是坐公交车,然后步行到33号院上班。胡同里除了上下班时间人流有所增多外,并无异常。我只记得那些外交官的穿着都比较好,深色西服比较多,也有少量大小格子的浅色西装,还有深色呢子大衣,一个个风度翩翩,尽显儒雅相,跟他们的外交官身份特别般配。以后等外交部搬走之后,33号大院即清寂下来,我们胡同也随之安静了不少。可是后来的某一年某一天,那院子突然发疯了,老吊车、大铲车,渣土车,一片鬼哭狼嚎,一座又一座高大壮美的建筑——礼堂、宾馆、图书馆、花房……统统被拆毁!随之,在胡同居民们的目瞪口呆中,33号院长出了一幢幢丑陋无比的六层居民楼,除了居住功能外什么艺术元素也不见,灰头土脸的,就像晚间被贱卖的廉价菜。胡同传说,是为了给外交部那些众多的司长局长们解决住房问题,时任外交部长下了这个罪孽的拆迁令,等周恩来总理得悉此事后,大惊,大怒,大叹惋,让黄华做检讨——可是一切都为时已晚,昔日大清帝国的迎宾馆,被拆得只剩下一个双忠祠的中式大屋顶,外加一个欧式的大门楼,连大门外的两座石狮子都不见了去向。多年以后整治北京街区,恢复胡同原貌,有关方面重建了俩石狮子置于原地,可是糟糕啦,过去我从它俩跟前走过时,记得它们特别高大,我得仰着头看;可现在似乎矮了很多,恨不得让我伸手都能摸到它们的脑袋,不知是我长高了还是石狮子变矮了?到现在我都没解开这个谜团。

五

我们外交部街59号院（协和大院）虽然与老外交部33号院差着二十多号，但那只是从门牌编号上说的，实际上，协和大院的东边院落与外交部院西墙仅一墙之隔。据老人们说，这里原是老协和的篮球场，没有那道墙的时候，两个院落是连成一片的，呈现着开放的姿态。哦，这就是了，到现在我们东小院里还有一个罗马柱的残台座，大约有成人的一抱宽，膝盖高，中间有碗大的一个圆孔，还能隐约看到一些雕刻的花纹——我小时可没少在它上面跳来跳去，对不起了，原来你也曾是有温度的历史文物啊！

此番，同样的一个罗马柱残台座，在33号院的大门内不远，孤独地隐身在一群杂草中，今天它的作用，就是被人拍照——左拍！右拍！上拍！下拍！边拍边大呼大喊："太可惜了！"要真如我们胡同老少爷们传说的那样，那这位外长也真是历史罪人了，按说他也是出身某某大学，算得上是大知识分子，可连这样的人拆起来都毫不手软，所以你看整座北京城还剩下多少？！33号院虽然远不能与圆明园的规模相比，但它们是同一时代的建筑，其大礼堂的罗马柱，其大屋檐的雕花纹饰，其窗棂、回廊、房间、阳台……都是西洋风的杰作啊。这样的整体大院在北京城内绝无仅有，如今被一座座下里巴人的蘑菇般蜗居取而代之，其象征意义，其历史堂奥，其福祸因果，其自然之思，其人生感慨，尽在思不透亦想不透的兴叹中！

刚才说到双忠祠。这双忠祠尽管镶嵌在大清迎宾馆的西洋群体建筑之中，却是典型的中国传统。庙宇式的大屋顶，虽非故宫、祈年殿一般的黄金色,而是黑琉璃瓦的,但这是等级问题,不可僭越。歇山顶,四梁八柱,红窗彩绘,左右各带三间耳房,中式建筑的基本元素都在。别看今天双忠祠已经破落得就剩下一个门楼了,但在乾隆十六年(1751)刚落成时候,还是非常有气势的:有红墙环绕护卫,有大门、左右门、二门,然后是三间正屋,走廊,还有一座碑亭。当初是为纪念乾隆眼中的两位忠烈而建,为都统、一等伯傅清和左都御史、一等伯拉布敦。我专门去查了史书,想弄清"一等伯"是什么官职,这两位有啥"英雄事迹"?可惜清朝的无数官职带有女真部落的特点,竟然像退潮的海滩一样贝壳满地,繁密而复杂,把我弄得都要吐血了还是一头雾水。该书只有几句语焉不详的话还有点儿用,是说初年为了大清国的开疆辟土,有一批骁勇善战的八旗官兵跟着后金部落首领、后来的开国皇帝努尔哈赤,舍身舍命地浴血奋战,打下了大清的江山。想来这两位被树为楷模的"忠烈",就是这样的贵族忠臣呗?算了吧,反正那两位在后世子孙眼里已经越来越不重要,双忠祠逐渐被大清后世子孙所挤占、挪用,最后连袁世凯的总理衙门都冷落了它,变成北洋外交部的档案保管处——到现在还剩下这么个门楼趴在胡同里,好赖印证着一段历史,就已经算它福大命大造化大啦!

六

还是让我们回到今天吧。今天已然是 21 世纪,买东西都不用出门了,手机点个卯,"唰——",钞票就无影无踪了,当然,不几天货品就稳稳地送到家来啦!

在双忠祠对面,是外交部街 46 号,独门独院。大门似也平常,也是一般百姓家的灰瓦屋顶，与周围居民院落的平房自然衔接，既不显得富丽堂皇，也并不鹤立鸡群。但退后几步，踮起脚尖儿看，就能看到院落里有一座三四层、也许是四五层的独栋楼房，神秘气息间或从那总是紧闭着的大门里泻出来。这里最早先也是一大户人家的宅子，后来不知从何时开始，变成赵××家的住宅。赵是中国人民解放军中将，可能是有大功于共和国，即被安置在这座中西结合的院落中，享受着世外桃源的待遇。

赵将军有一男两女三个孩子。其最小女儿赵小妹是我外交部街中学的同班同学，当然也是被强行"就近分配"进入这所中学的。她瘦瘦的，黄头发，尖下颏，一副弱不禁风的样子；平时为人很内敛，并无骄横与戾气，只是默默地独往独来，跟谁都不说话。对于我们经历过的筛土、脱砖坯、走远路、拔麦子……她也都坚持着熬了下来，既不积极争先，也不拖集体后腿，这对于羸弱的她来说是有大难度的。更有难度的是她每天顽强地坚持着不吭声，其实她也正处于豆蔻年华，也很需要友谊的阳光雨露加以滋润。后来有一段时间，她果然跟我们班上一位个性鲜明又智商超群的女生做了朋友，于是她的上学下学路上，也就终于有了一个伴儿。最后的结局不出窠臼，未等我们毕业，她也和当时的军干子弟一样去当了兵，听说是在一家军队医院当护士，之后就再无消息了……现在时光飞逝，想来她也已是花甲之年的人了，不知她的这半辈子是怎么过来的？我愿她平平顺顺，可别坎坷蹭蹬——可惜今天34号院门更是终日紧闭，连一点点风光也不肯泄露出来了。

在倒海翻江的大时代浪潮中，任何人想要自保，哪怕如中将之家的这位默默不语的小家碧玉，也都几乎是做不到的事。本来人生即艰难，一个人从呱呱坠地至福乐寿，再到驾鹤西去，很少听说有一帆风顺、事事皆顺的；而吾侪刚好又处于反清——北洋——民国——军阀混战——抗日战争——世界二战——国共内战——建新中国——一场又一场总共28年、55场大大小小的政治运动——"文革"浩劫——改革开放……的中国社会大剧变、大动荡、大革故鼎新的百年风云激荡中,谁人能不是"雕栏玉砌应犹在,只是朱颜改"呢?

普通小百姓不足道,即如挥挥手影响时代进程的历史大人物,亦摆脱不了社会和命运的掌控!过去在我的印象中,模模糊糊的,仿佛我们外交部街中学大门正对面,曾有过一座巨大的影壁墙,得有北海公园九龙壁那么高,至少一半长,不记得其上有什么花饰浮雕,好像只是洋灰抹平之后又涂了一层赭红色而已。它的背后是什么,不清楚,应该只是一两个不起眼的小平房院落吧,因为直到今天也还是这样,变成了几家专门针对中小学生的小门脸零食店。全没想到,民俗学家王兰顺先生语出惊人,说那里曾是李鸿章李氏家族在北京的祠堂,号称"李公祠"!

李鸿章何等人物?晚清四大洋务派权臣曾国藩、张之洞、左宗棠之领衔者,曾为清廷镇压太平天国,曾创建中国海军的第一支队伍北洋水师,曾与帝国主义列强签下一系列丧权辱国条约……中国近代史没有他就写不成。但他明明出身安徽合肥肥东,他家的祠堂怎么会修到北京外交部街来了呢?却原来,不管这位李鸿章李中堂李大人有着多么震天响的"卖国贼"骂名,也不管有多少公开的弹劾和暗地的小报告,其对大清的忠心耿耿与累累贡献,慈禧太后还是心知肚明的,所以允许他在北京、天津、上海、南京等多处建立了李家祠堂,是有清一代唯一享此殊荣的汉人官吏。北京的这座李公祠,正门是在西总布胡同,其宽阔一直绵延到外交部街胡同——却原来我模糊记忆中的那块赭红色大墙,非是影壁墙而是祠堂的后山墙。祠堂内的规格之高令人咋舌,李鸿章挨了多少骂,他就得到了清廷的多少安抚与嘉奖,慈禧太后竟称赞他为"再造玄黄"之人,简直是拿他当作人间无二的救星了。在今天北京天坛公园的"百花园"内,有一座敦敦实实又极为精致的中式亭子，六角攒尖顶，六梁十柱，二层重檐，橙黄色宝顶。双重檐面均为米黄色和橙黄色琉璃瓦镶嵌，蓝色琉璃瓦镶边。檐角上站着一大牛首带三小兽，横梁彩绘，大柱红漆，下面由一圈红色坐栏蜿蜒连接。你道这是天坛亭？非也！这是从我们外交部街李公祠搬去的李家亭，时在上世纪70年代末。

现如今，李鸿章灰飞烟灭，李公祠物非人非，一切都成为历史的下脚料。书写至此，着实令人唏嘘，使我想起两千多年前《诗经》就曾表达过的感慨：怆然天地间，人生一浮萍……

七

"斜阳草树，寻常巷陌，人道寄奴曾住。"影影憧憧的光阴，形形色色的人物，赫赫猎猎的风声，明明灭灭的烟云，"眼看他起朱楼，眼看他宴宾客，眼看他楼塌了！"

屈指，八百年过去了！今天的外交部街胡同，仍然是长不过721米，宽不过3米，但褪去了"金戈铁马，气吞万里如虎"的英雄气，繁闹出一派"醉里且贪欢笑"的市井碎片。

被路北一侧的收费停车位占去三分之一，胡同一下子显得那么狭小局促了。再杂以野草一般冒出来的小餐馆、小杂货店、小理发店、小按摩店、小洗衣店、小五金店、小手机店、小旅馆、小菜店……所营造出的乡村集市特有的戏谑与喧闹，则昔日老北京胡同的静雅文化风景，已不见踪影。就连交往的语言，也很少听到"北京话"而成为"南腔北调杂弹"。真正的老北京人，胡同里的老街坊，已越来越多选择将自家小平房出租给外地人，然后拿着租金去住几环以外的单元楼。故此,真正的"老北京风"——包括谈吐、着装、吃食、生活习惯、卫生素养、嗓门音高、接人待物礼仪,以及约定俗成的"老理儿"等等,也都加速度地"雾失楼台,月迷津渡,桃源望断无寻处"了……窃以为,这些物质的乃至非物质文化遗产,真到了必须加紧实行保护与传承的紧要关头了——在此,特提请东城区非遗保护办公室杨建业主任关注此问题哦,不然,若"北京文化"在我们这辈人消失掉,咱们可就成为愧对祖宗的不肖子孙啦!

话说着容易,上嘴皮子对下嘴皮子一碰,齐活。可真要实施起来,就是比让盲人睁眼、让瘫痪者站起来、让老年人返老还童更难的事。在我们这个星球上,这叫作"大城市病",放眼纽约、巴黎、伦敦、罗马、雅典、马德里、里斯本、布鲁塞尔、阿姆斯特丹、悉尼等等,无论是"超大级"还是"次大级",哪个城市也没能解决贫穷、困顿、肮脏、混乱、丑陋、喧闹、充满犯罪和黑恶的"城中村"现象。甚至,许多欧美大城市还是穷人越聚越多,贫困区域越滚越大,使得富人和上层人士纷纷举家"胜利大逃亡",舍城市而遁入小镇、乡村……

窗前明月光,哎哟额的神,万岁这回北京市政府是动真格的了!这几年,不单疏解了大红门、动批、天意、秀水、神路街……的散乱人口;而且步子紧着迈,对积累叠加有年的沉疴,果断全盘医治。甚至不惜采用"人盯人战术"落实到每一条街道和每一个胡同,铁了心也要除去一切病灶——拥护呀拥护!譬如我们外交部街胡同,现在已经面貌大变,褪去了几十年强加在她身上的一块块褴褛补丁,露出了"胜却人间无数"的天然本色。

——哈,你好,多年未见了你这超模般的身材!

——嘿,你好,居然还能还原出你的青春靓笑!

——哇,你好,咱们支持政府的整治大行动,一定要让大北京给地球全体城市们,做出个宇内第一的榜样来!

至此，有关外交部街的变迁故事，还远未说完。比如，还有7号院原中央合作银行金库北平分库的故事；有30号院元贞观旧有的历史风貌与华北文工团的故事；有36号院基督教圣公会道圣堂的故事；有38号院仁记洋行及它所起到的历史作用的故事；有今天的西总布小学后门、昔日北京电车公司旧址里，曾发生的京师警察总长与北京电车公司之间的故事；有44号院原墨蝶林西餐厅的变迁故事……恨不能每一扇院门背后，都演绎着神秘莫测的电视连续剧；却原来每一个院落内部，都是一部繁复精彩的非虚构传奇。

而我最最熟悉的59号协和大院，更是住过中国近代、现代和当代医学史上，很多位声名显赫的国之大医，他们的故事更是一部长长的连续剧——我将另外著书讲述。否则素描于这紧紧缩缩的篇幅中，会对不起那些拯救我们于病魔利爪的大医学家。

2017年6月—7月

【永遇乐】

大"丰"起兮

——北京南中轴线上的交响

题记：

北京丰台区姓"丰"，这是个多么吉祥的好字，属丰收、丰盛、丰腴、丰满、丰茂、丰盈、丰采、丰富、丰厚、丰美、丰年、丰沛、丰饶、丰润、丰赡、丰实、丰硕、丰沃、丰裕、丰足、丰致、丰稔、丰壤、丰融、五谷丰登、水草丰茂、丰姿绰约……诗云："湛湛露斯，在彼丰草"（《诗经·小雅·湛露》），"丰年多黍多稌，亦有高廪，万亿及秭。为酒为醴，烝畀祖妣。以洽百礼，降福孔皆"（《诗经·周颂·丰年》）。真好，这在北京市的全部16个区里，可是上天厚赐的独一份。

一

我家住在丰台迤北，太阳从东照到西。

每天清晨，最令我心旷神怡的事，就是趴在大玻璃窗上，向南凝望。太阳将出未出，霞光在半空中拉开由淡而浓，由灰白而淡粉、橘黄，进而定格在金红色的天幕上。此刻，丽泽商务区的楼群，就如同海市蜃楼一般出现了。它们就像天上的宫阙一样，一幢幢在朝霞中隐现，炫耀着大玻璃钢特有的华丽光彩，让人联想到IT上班族那西装革履的华贵派头，而非居民楼的柴米油盐烟火气——如同故宫、景山、北海之比较莲花池、玉渊潭、龙潭湖，是完全不同的两种器度。

这些琼楼玉宇中净是大牌，如雷贯耳，重点聚集了银行、保险、证券等金融总部，私募股权基金、创业投资等金融机构，交易所、金融期货市场等金融要素市场，还有各类金融投资机构以及国内外大型企业总部。它们来得极快，虽不至于"忽如一夜春风来，千树万树梨花开"，但几乎是短短几个月，歘忽就又有一幢大厦拔地而起。而且一幢比一幢高耸，一幢比一幢华贵，一幢比一幢气宇轩昂。差不多的知名大公司都在这里到齐了，而大哥大是谁呢？毋须众里寻他千百度，还属那造型最别致的丽泽SOHO。

SOHO是Small Office（and）Home Office的英文缩写，直译为小型的或家庭式办公场所。话说得这么小，丽泽SOHO却是丽泽商务区里最华贵的一幢，它一共有52层，以双螺旋塔对接方式，旋着旋着就在白云缭绕的顶端合拢了。站在地面向上仰望，差不多得把身体仰到125度，才能看到顶层，那里有一双螺旋交叉的"眼睛"，黑色钢铁的线条，圆润地、流畅地、音乐旋律式地、红绸舞蹈式地呈一个平躺8字形，横卧在最顶尖处，被极为形象地称为"上帝之眼"。在这双"神目"的注视下，52层楼逶迤而上、而下，层层半开半合，层层显示出各自别出心裁的风格，既奢华又朴素，既高亢又低调，神秘面纱后面又一览无余地敞开着办公室、会议室、展厅、放映厅……这是国际上被称为"解构主义大师"的伊拉克裔英国著名建筑设计师扎哈·哈迪德的杰作，当初是根据丽泽商务区特殊的地形设计和建造的。让我想起来就想笑的是，几年前，当这座超现代建筑的钢架刚刚立起在这片黄土地上的时候，不知是哪位聪明的中国摄影师，绝世独立地拍了一张令人震惊不已的照片，说它是一条"牛仔裤"，还揶揄说"北有大裤衩，南有牛仔裤"。今天，面对着这一双什么都尽收眼底的"上帝之眼"，不由人不想到"以铜为镜，可以正衣冠"的古训。那张经典的"牛仔裤"照片，不知被收藏到哪里去了？有时我会窃想，即使是那位轰动一时的摄影师，也十分羡慕能在这"牛仔裤"里上班的荣耀吧？信然，这幢大楼的租用率已达95%以上，真是应了那句民谚："谁笑到最后，谁就笑得最好。"

我倒不是崇洋派，爱说外国的月亮圆。不是的，我们中国也有不少优秀的建筑设计师，我自己就认识其中的好几位，他们设计的不少作品也堪称经典。比如马国馨大师设计的首都机场T2航站楼海和国家奥林匹克体育中心，那时他才走到四五十岁年龄段；还有崔恺院士设计的拉萨火车站、首都博物馆、安阳殷墟博物馆，朱小地院长设计的北京SOHO现代城、北京城市副中心行政办公区等，也都在国内外获得了一致的称赞。我想说的是，为什么在我们绝大多数中国建筑师手底，出来的往往都是方方正正的火柴盒，即使有着强烈的创新思望，也总是小花小草的跨不出万里长城？肯定不是我们的建筑师不够聪明，他们可说是中国知识界素养最高的行业人，每人至少都会两门以上外语，对于音乐、美术、文学、哲学、科技……一生都在不断地学习,他们是永远的学霸。

大概率,我强烈感觉到,分水岭也许就是东西方教育观念的大相径庭。我们从两千多年前起,就被"君君、臣臣、父父、子子"规范得中规中矩,想象力的基因越来越萎缩。甭说飞翔,连像柳絮、杨花一样飞扬起来的时候都很少,所以在我们的文化里,"杨花"从来就不是个褒义词,总是爱与"水性"联合起来使用。在我们民族的思维中,总嫌缺少对"飞"的肯定与渴望。当然我说的是旧时的情景,今天的中华民族,已是时时驾驭着"腾飞"的念想,不单我们的火箭、航天器一次次飞到太空去创造奇迹,就是在日常生活和工作中,也同样充满着对丽泽SOHO、对中国尊、对国家大剧院、对鸟巢……的赞美与艳羡,就仿佛那些超现代建筑里面,装着我们对幸福生活的种种热望——明天,我们这些普通的老百姓,也将会在那些神话一般的琼楼玉宇中,过上我们和和美美、甜甜蜜蜜的锦绣日子。

哦,不对了,韩小蕙,你已经被时代的火箭甩下啦,丽泽天街早已于两年前就开张了,已成为首都北京的一个新型商贸区,每天每见天见,迎纳着普通老百姓们前去逛商场、购物、餐饮、娱乐、健身……最让这里的百姓兴奋得尖叫的是,丽泽还将被打造为北京的四大国际消费体验区,其他三个为王府井——西单——前门、CBD——三里屯、环球影城——大运河,它们哥儿四个将作为北京成为"国际消费中心示范城市"的金名片,打造成"中国潮""国际范"与"烟火气"共融共生的经典之作。你没看见挖掘机在争分夺秒地忙碌吗,那是在建设丽泽——大兴机场航站楼,两年以后,你从那里去大兴机场,简直就像去西客站一样便捷了。这是梦想吗?不是的,今天的丽泽天街商业区里,咖啡厅已经坐满了客人,一群群穿戴时尚的男女青年,一边啜着咖啡,望着窗外的风景,一边在耐心地等待着那些更加丰富、绚烂、多彩、幸福感满满的日子的莅临。

我有点儿忍不住了，真想走过去对他们说："嗨，你们知道吗，现在脚下的这片土地，在1990年以前，还是京城著名的三路居养鸭场呢！当时有10万只规模的北京填鸭，嘎嘎嘎地下蛋，唰唰唰地孵小鸭，然后出口，一直远销到苏联、日本、中国港澳地区……"这，就是前面说到的前丽泽商务区的特殊地形。

"丽泽"这个名字，可不仅是"美丽的湖泽"之意，它的起源很是高贵，有着背景深厚的历史和文化渊源。"丽泽"二字源于《周易》第五十八卦之《兑卦》：丽泽，兑，丽，并联。《周易正义》解释为"两泽相连，润说之盛，故曰'两泽兑'也"。以丽泽命名为城门始于北宋仁宗时期，时称北京的大名府殿前有东西两个门，西门被唤作丽泽门。后金朝的海陵王完颜亮采纳了北宋都城的建筑制式，将中都城的西南门命名为丽泽门。大诗人元好问还曾留下一首诗："双凤箫声隔彩霞，宫莺催赏五溪花。谁怜丽泽门边柳，瘦依东风望京华"。

我个人认为，"丽"和"泽"这两个字，都是好字，不仅模样好看，读起来也好听，作金石声。我喜欢这两个字，更欢呼它前世今生的这个华丽转身，也太具魔性了吧？

二

我家住在丰台迤北，月亮从东走到西。

《随园诗话》中有桐城人叶酉诗："白石清泉故自佳，九衢车马漫纷拏。欲知此后春相忆，只有丰台芍药花。"

"丰台芍药花"是清代著名的一品，时至今日"春相忆"者，岂止

"丰台芍药花",又岂止一个丽泽？这不，上班时分，我踏入车水马龙的洪流，往大红门进发。

都怪自己的历史知识太匮乏，直到今天我才知道，1949年解放军进北京时，有一支部队就是经过大红门，然后跨永定门而进入城区的。不错，在今天大红门国际文化科技园中，我看到了一张照片，风尘仆仆而又行色匆匆的解放军大队人马，穿着发白但洗得干净整洁的棉军装，戴着沾满硝烟的棉军帽，身背井字行李，扛着长枪，整齐而严肃地行走在"进京赶考"的路上。队伍左侧的街道上，挤满了穿着长衫或短打的各界民众，男女妇孺都有，用惊异的目光打量着这支陌生的队伍……

大红门原是清王朝南苑狩猎场的正北门，牌楼形制，有一大两小方形门洞，门楼飞檐斗拱，上面是金黄色琉璃瓦顶，下面的大门是鲜亮无比的朱红色大漆，十分排场，尽显壮观。在我小时候那会儿，北京动物园都被叫作"西郊动物园"，也即郊区，含着特别远的意思，就更别提王朝时代的南苑了。几百年前，那里还是湖泊沼泽密布，草木繁茂丰盛的林地，其上麇集着飞禽走兽，老虎、狼、狐狸、鹿、兔、鹰……我不得不坚信，在当时京城百姓的概念中，南苑大红门简直就远得像新疆的天山了。

白云百载亦空悠悠。据有关历史资料称："1950年9月，空军司令部致函北京市政府，建议解决大红门交通不畅问题。11月市公安局向市政府呈交《大红门严重阻碍交通》的报告，当时市文整会认为，大红门不属于文物，建设局遂向都市计划委员会提议拆除。梁思成先生不同意拆，这样一直拖到1955年，北京市政府决定拆除。7月23日开工，8月3日拆完。"惜乎哉，从此，南苑狩猎场九座门的最后一座大红门，北京南中轴线上的非常漂亮、极为典型的中国古典式大门楼，终于一去不复返，只永远留存于历史典籍之中了。

时代的洪流滚滚向前。"日暮乡关何处是",大红门只留下了一个地名,基本上被人遗忘了,即使生长在京城的老北京,也没有几个人去到过。直至上世纪80年代,随着来京闯荡的温州人越来越多,大红门地区渐渐成了"浙江村"的地盘,红红火火的同时也给京城带来了困扰。大红门从那时起就开始出名了,后来有一段时间成了跟"动批"(动物园服装批发市场)齐名的大市场,这时候一切又颠倒过来了,没去过大红门的北京人、特别是北京女性,已变得凤毛麟角。那里的服装摊从几分几毛钱的小本经营起家,最后鹞子翻身把歌唱,变身为一幢又一幢高楼大厦,乃至于成为连天蔽地的一大片服装城⋯⋯

在人类和历史的观念中,凡发展、凡进步、凡前进的岁月,都是排空驭气奔如电,走得太快了。看今天大红门的变化,太算得上是迎来了开天辟地的大变化!

我置身于大红门国际会展中心展厅里,跟机器人小姐对话。"她"比我的个子还高些,青春靓丽,正值豆蔻年华。穿一身月白色西装裙,瞪着圆溜溜的杏核眼,一说话,就把翘得高高的马尾辫甩哒甩哒的,显得既文雅又活泼。我按了一下电钮,请"她"介绍一下大红门地区的发展前景,"她"立刻用甜美的声音,超流利地说道:

"在北京南中轴线上,将建起一座总面积19.5万平方米的国际文化科技园,包括大红门TOD项目、大红门国际会展中心、博物馆群、福海公园等,围绕科技、文化、国际商务等产业,吸引国内外带动性强的头部企业入驻,促进大红门产业转型升级,由丰台区人民政府与中关村发展集团共同打造。"

我又问:"听说这里要建起一个博物馆群,请问都会有哪些博物馆呢?"

"她"眨眨美丽的大眼睛,又应声答道:"大红门地区将打造无界共享的博物馆群,将包括国家自然博物馆、天桥印象博物馆、北京规划展览馆等。还要建设大红门艺术公园、南顶文化公园、凉凤休闲公园三大公园。"

我想跟"她"开个玩笑,测试一下"她"的底蕴,就请"她"背诵一首辛弃疾的词。这回"她"被难住了,小嘴儿一翘,略带羞涩地说:"这个问题我还没有准备好。"

我说:"那你改背《岳阳楼记》吧?"

"她"又眨眨圆溜溜的杏仁眼,然后扬起尖尖的下巴颏儿,乖乖地说:"这个问题我还没有准备好。"

我笑了,想对"她"说,你真是个典型的理科生。话到嘴边又收了回来,触景生情,我想起自己在"她"那般年纪时,第一次走进现代化电子万人大厂时的情景:那一个16岁的小女工,在红一根、绿一根,织锦一般编织在一起的电路面前;在星一颗、月一颗,闪闪放光的指示灯面前,手也不敢动,脚也不敢挪,神秘、仓惶、恐惧,忧心忡忡于自己什么都不懂,将如何对待这些仿佛是另一个星球、另一个世界中的恐龙、犀牛、河马、猛犸象呢?唯有学习,从初中数学开始,下班后先不回家,猫在车间的一个角落里作题。不过最后,我还是在恢复高考时,放弃了做一名电子工程师,转而报考中文系,最终成为一名文化工作者……

现如今的世界,早已天翻地覆了,互联网改变了一切,IT(信息技术)几乎重新打造了一个全新的世界;近年来 AI(人工智能机器人)又接续上来,以更让人不可思议的神变颠覆着人类的一切。我知道,眼前这"姑娘"的学习能力是超宇宙级别的,别说辛弃疾和范仲淹,只需几小时的课程,"她"就能变成文学、艺术、音乐、美术、哲学、医学、法学、社会学、心理学……的学霸乃至专家。这就是当下一日千里的时代,我们唯有紧紧跟上,才能不断进步。我们唯有下苦工夫,才能打造出全新的世界,就像正在腾飞和升华的大红门。

展厅里，一个个巨兽般的大屏幕，张着血盆大口，每一个都在争分夺秒地"嘚瑟"，发射着蓝光、白光、红光、绿光、紫光、各色光，不停顿地变幻出奇光异彩，就好似神魔世界里的武林大会，各路大仙都使出了自己的看家本领，比一比到底谁的功夫最棒？谁是当代豪杰？谁是盖世英雄？

我觉得自己的脑子有点儿蒙，眼花缭乱。兴奋？亢奋？振奋？热血上头。"咔嚓嚓"，一道闪电从眼前划过，炸响一句时代的强音：

发展才是硬道理！

三

我家住在丰台迤北，星斗从东闪到西。

中国古代圣贤的智慧真是高妙无比，"后来者居上"，仅仅五个字，里面装着多少内容与内涵。

新丰台火车站当得起这五个字。

在过去的年月里，京城里的人，谁去丰台火车站呢？那里几乎就是"乡下""等外""地位低微"的同义词，总之是土得掉渣儿的所在。无可否认的是，过去在我们的社会生活中，总有一个奇怪的现象，凡跟农村有点儿瓜葛的物事，就会被轻视乃至轻蔑。尽管我们吃着农民、喝着农民、穿着农民，我们的农民们干着最累的活，过的是最穷的日子，但农民的地位却是最低的。直到现在，这种状况也并没有多少改观。

那时贵气的是北京火车站，北京人口称"北京站"。北京站是共和国成立10周年的"十大献礼工程"之一，的确建得高大上，一直到现在还是排在北京各火车站之首。后来的西客站,虽然从外表上叠亭架屋,辉煌了不少,但内部形制依然是北京站的翻版,由于天顶还是传统建材传统施工,致使内部采光不畅,里面还是黑乎乎的感觉,每次进站上车都很压抑,人多的时候,竟然还会生出仓皇出逃的灰心……

北京南站的感觉就好多了,大玻璃钢天顶像天堂洞开了一扇天窗,形成了明亮的愉悦感;大棚式的整体结构,将客流主体拱卫到大厅中央,把商店和服务设施放在两翼,也形成了以人为主体的服务感,初期投入运营时得到过强烈的好评。但随着夏天的到来,人们在明晃晃的光照下,感觉到强烈的热光还是像老巫婆悄悄伸进来一只魔爪;再加上一下子被跻身在毫无遮拦的大厅里,满眼都是晃动的人群,躁闷感立即就袭上心来,头也大了。

而新建成的丰台火车站,后来居上地克服了上述这些缺陷。候车厅被分割成一个空间又一个空间,既相对独立又互相连接,宽敞、明亮、安静,方便,还很讲究,不疾不徐地让人享受着空港候机楼里才有的那种贵气。令人交口称赞的是,一排排座椅,无论坐在哪个位置上,都能清楚地看到闸口上方的电子屏幕,红色光标轮番滚动,显示着上一班火车的信息,以及下一班火车的车次、目的地、开行时间及检票时间,这最后一项是别的车站没见过的服务,从大众的心理需求来说,是非常必要的一种站位旅客角度上的服务。对了,我还要大声赞美的,是这座新车站的文化元素,处处在在,低调奢华地呈现于人们的目光中。最印象深刻的例子,是大厅里的人行步道,利用灰与白两种颜色的地砖,铺出了一个大大的"丰"字,既契合地域环境让人会心一笑,亦呈现出当今丰台区的自信,真可说是巧夺天工的构思。

赶火车,再不是遭罪的被逃难了,而成为"一日看尽长安花"的舒心,甚至上升到了享受的级别。这就叫作"后来者居上"。这就叫作"青出于蓝而胜于蓝"。

丰台，过去一直被"东城贵，西城富"压一头的丰台，现在轮到你大展宏图了！

是的，我已强烈感觉到了什么。一段时间以来，北京新闻里每天都有丰台的报道，比如继2022年10月丰台举办了航天航空领域关键技术交流与应用研讨会；今年6月又在丰台丽泽召开了2023中国商业航天发展大会，中国探月工程首席专家欧阳自远、中国首批航天员兼教练员李庆龙等，线下参会代表400多人，就大会主题"智汇新航天，共创新未来"，展开了一场前瞻与深度并存的智慧研讨，线上参会人数居然达到了10万之众！过去的狩猎场、养鸭场、浙江村、服装城……这片平民百姓生活的活动区，小草小花生长的平凡地域，如今已成为一只背负蓝天翱翔的火凤凰，正向着国际一流"科技＋文化新地标"和"数字经济新高地"而奋力腾飞。

凤凰出焉，风姿独绝。它正衔来"新一代互联网""数字贸易与文化贸易"和"高端科技服务"三朵牡丹花，赋予古老的"国色天香"以21世纪的全新涵义。

"凤凰于飞，翙翙其羽，亦傅于天。"

凤凰既出，百鸟齐翔。牡丹花开，群花绽放。

我从丰台的振翅飞翔中，听到了全中国奋飞的交响。

2023年7月15日初稿，7月24日定稿

原来武夷也姓"赣"

一

中国的名山大川实在是多，即使如此，武夷山肯定也是在名山之列的。然而我敢说，99%以上的国人都会认定武夷是福建的山，绝无几人知晓它居然也还有一部分姓"赣"，因为该山有21.8%的面积是属于江西省的。而且总面积1280平方公里的武夷山国家公园，一峰连绵一峰，一岭接续一岭，无数奇峰林立的山头中，最高峰黄岗山是在江西界内，海拔2160.8米，不仅是武夷山众峰统领，而且在我国东南诸山之中，也有雄踞第一的威名。

这个明摆在台面上的事实，为什么没几人知道呢？这真是个谜。

早年我是到过武夷山桐木关的。桐木关是武夷八大关之一，雄踞闽赣两省交界处，通关盘山而上可至黄岗山顶。现在的关楼是一个不太高的中式建筑，下面中央是一个倒U型门洞，上面站着一个双翅翘翘的大屋顶，形象有点普通。那年我是从福建那边到关参观的，当时还有人说，"大家同志们都跨过去站一站啊，就算到江西地界了"。可惜后面的话他没说，我们大家同志们也都没往深一层想一想，那不就是原来武夷也姓赣的红土地之省吗？

今天这一趟走到铅山县，才得知赣武夷的三代老表们，为这片国家自然保护区（现已升格为国家公园），做出了多么巨大的贡献！

二

桐木关城楼下，簇新的公路像山间溪水，仿佛带着"哗啦啦"的歌唱欢畅地流过关门。两旁高立的山头上，油桐、青竹、绿藤、碧草、翠苔、鸟语、花香，景致完全是无缝衔接，大自然才不管你是姓"闽"还是姓"赣"。然而，增加了人的因素，俨然就觉得是两个不同的世界了。

两辆"闽"字号卧车一先一后开进关来，小小心心地停在山崖旁。车上下来一大家子老老小小，兴奋地在刻有"桐木关"的大石碑下照相留念。孩子跳，大人叫，老人笑，热闹了一大阵，很是亢奋。然后一群人恋恋不舍，一步三回头地钻进车里，卧车发动，倒退，掉头，回到福建那边去了。

——却原来，这边有一片山崖做成的大墙，上书斗大的红字"未经批准，禁止任何人进入自然保护区的核心区"，下面是同样鲜红醒目的英文标示。回头看，穿着森林警服的工作人员，正一丝不苟地站在岗亭前，一丝不苟地检查核验，一丝不苟地严阵以待，一丝不苟地准备出列，就像将要冲出战壕的将士。

——却原来，这边的关楼上，还有一层楼高的一排黑体字"江西武夷山国家级自然保护区"。那字相貌很凶的，从高高的城楼上压下来，形成一种不怒自威的压顶之势，很有一种张飞喝断当阳桥的不可冒犯的凛然。

——却原来，关楼下面的岗亭旁，还立有两大块一米多高的牌子，红底大黑体白字"禁止松材及其制品进入武夷山国家公园"，"非法买卖调运松材线虫病疫木是涉嫌犯罪行为"。我虽不太知道什么是"松材线虫病"，但可想而知，这是对林木非常严重的一种危害，同时也能触类旁通，联想到其他一切病虫害。这两块牌子虽然只有一米多高，但也给人一种泰山石敢当的威严感，亦让我看到保护区"双肩"上的重担！

——却原来，我们今天得以进山采访，也是提前多日就递交了申请，经过层层领导严格审批的。

——却原来，在这样极端严苛的审核下，赣武夷这片自然保护区，每天只允许5辆车上山，多一辆都不行。为什么呢？是怕惊扰到山上的精灵们。

三

我替江西武夷山国家级自然保护区的精灵们幸福着。

——你看，那边兴高采烈来的是一只黑熊，看来它是惯犯了，胳膊一抬，冲着保护区饲养的蜂箱伸出毛茸茸的大爪子，轻车熟路地一提拎，就把整个箱子抱走了。它知道里面有自己最喜欢吃的蜂蜜，今天又可以美美地大"甜"一餐了。

——你看，那边奔来了一头野猪，小而窄的头颅里面，不知在打谁的主意。全身黑毛厚厚的，像穿了好几层绒衣，个头儿真不小，以至于让我露了个大怯，以为它是黑熊，从此落下一个"指猪为熊"的笑柄。

——你看,那边蹦跳着来了一只小鹿,像一个娉娉婷婷的少女,机机警警地抬头看看四周围,然后才放心地舞翩翩。不,它哪儿是小鹿,而是武夷山特有的黄麂,它可珍贵呢,是国家级保护动物。比它更珍贵的是它的小弟黑麂,这顽皮小弟个头大,胆子却特别小,娇生惯养到白天根本不出门,只藏在山洞里吃斋,念不念佛谁也不知。因为它们的数量太少了,研究数据非常缺乏,因此被称为"世界上最为神秘的鹿科动物"。它们和大熊猫一样是中国特有的物种,当然绝对是国家一级重点保护,亦被称为"黄岗三宝"之一。我最喜欢的是它们的发型,天然地呈怒发冲冠之势,朝天支棱着,像火焰一样,也不知它们愤怒什么?对谁愤怒?干吗要愤怒?

——你看,说曹操,曹操就到了,"黄岗三宝"之二的黄腹角雉来了。真是傲慢啊,迈着帝王般的步子,真有点像拿破仑。当然我说的是雄性雉,它们头上竖着两根蓝色的角,像古埃及皇冠上的翎毛,在今天来说更像路由器上的两根天线。身上披着华美的羽毛,仿佛帝王的大氅。最为奇特的是胸前吊着一个翠蓝底色、上面齐整排列着一指宽红色条纹的肉裙,呈 U 字形,长至肚腹,花环一样盛开着。奇妙的大自然真能把人惊倒,这种造型,不能不让人立刻联想到奥林匹克运动会的颁奖仪式,获奖的运动员们往往伸着脖子,让颁奖者把缀着奖章的金红色绶带套在他们胸前。有样学样,你不能不承认,我们愚笨的人类,真的可能就是跟黄腹角雉这可爱的小鸟学来的。不过"黄腹角雉"这名字读起来真有点拗口,所以当地人更愿意称它们为"角鸡""寿鸡"。它的个头比家鸡稍大一点,是 1857 年由英国人 Google 在福建西北部发现并命名的(我说这名字怎么这么别扭呢,敢情是老外的洋腔洋调)。目前这"鸡"在世界上只有 4000 只左右,零星分布在我国湖南、江西、浙江、福建、广东、广西等亚高山地区,珍稀程度堪称"鸟中大熊猫"。由于它们的最大密度种群在黄岗山核心区内，因此江西铅山县（赣武夷）被命名为"中国黄腹角雉之乡"。

——你看，白鹇也迈着优雅的步子走来了。如果说黄腹角雉是皇帝，那么白鹇就是皇后。它从头上的红顶子一直到长长的尾羽，披着一件雪白的斗篷，覆盖着肚子上的纯黑羽毛。再如果说黄腹角雉像拿破仑，那么白鹇就像伊丽莎白女王，娴静从容，心态特别好。我记得曾在福建太姥山的茶丛中见到它，当时手心里托着几粒花生米，它就温良地前来啄食，不急不躁，不争不抢，那时我就爱上了它。赣武夷白鹇比太姥山的要大一些，羽毛更干净，红黑白分明，大概是远离人类的原因。

——你看，不得了了，所有的鸟儿似乎都听到了信儿，纷纷都赶来了，宛如过去闭塞乡村里的大姑娘、小媳妇围观看热闹一样。光国宝二级的就有凤头鹰、大鵟、普通鵟、勺鸡、褐林鸮……还有斑嘴鸭、环颈雉、翠鸟、冠鱼狗（是鸟不是狗哈）、黄冠啄木鸟、家燕、烟腹毛脚燕、白鹇鸽、红嘴蓝鹊、北红尾鸲、红尾水鸲、红嘴相思鸟、黄颊山雀、黄眉林雀、冕雀……最后，和黄腹角雉同等级的白颈长尾雉也耐不住寂寞，终于放下国宝一级的高贵架子，加入了这场森林大狂欢。你就看吧，头顶上，百鸟展翅舞翩跹；你就听吧，众喙放声齐歌唱，本来大山里就绿树婆娑，光影迷蒙，这一下更成为童话世界了。

于是从四面八方、大山深处，又跑来更多看热闹者。不，准确地说，是赶来了更多参与热闹的动物们，除了怒发冲冠的黑麂和呆萌可爱的小黄麂，还有藏酋猴、黄猴貂、中华鬣羚、毛冠鹿、豪猪、果子狸、猪獾、鼠獾、华南兔……今天这是怎么了，是动物们的六一儿童节吧，众生平等，和睦相处，一个比一个玩得高兴，直看得我目眩神迷，陷入了一种真想投身其中的冲动。

这真是个让人艳羡的生灵仙境啊，大山里还有着多达5000多种植物呢，植被分布的海拔梯度由低向高，依次为常绿阔叶林、针阔混交林、针叶林、中山矮曲林、中山草甸，是中亚热带最典型的植被垂直带谱。还有几百种漂亮得像七彩霞光般鲜亮的昆虫。还有我不愿提及名字的"五毒"，它们虽然相貌丑陋，但也是大自然之子，它们生猛的存在也是环境上佳的证明。可惜我不能再写下去了，因为还有更重要的事情要讲。

四

赣武夷的大山林中，也并非满目皆绿。当然绿色是背景，是基调，是主旋律，而参与演奏这场绿色交响曲的，还有雪色的条条山溪，金色的斑斑阳光，树影间露出的点点蓝天，以及雨后横跨山崖的煌煌彩虹。负氧离子之多不用说了，人人的肺都被洗得清清爽爽，连说出来的声音都变得脆甜脆甜的了。

——我们沿着他的足迹，在大山里寻寻觅觅，他是辛弃疾，这条路是他当年走过的。

苏轼、辛弃疾是我心中的两位大神。我最崇拜"大江东去，浪淘尽、千古风流人物"的豪迈，苏东坡的豁达可说是人而为人、笑对人生的最高境界；我更景仰"想当年、金戈铁马，气吞万里如虎"的壮怀，辛弃疾的家国情怀永远都在子孙万代的心中熊熊燃烧。稼轩先生的一生，首先不是文人，他也并不想做个"一代词宗"，那是他看不上的轻飘飘，他22岁就结集了2000多人投入抗金的战斗，曾带着几十名亲兵闯入数万金兵的大营，将叛徒张安国捉了回来。可惜他被偏安江南的南宋小朝廷不容，42岁起就被免掉官职，在江西信州（今铅山一带）闲居了20多年，最后终老在这里，至死也未看到北国收复的那一天，也再未回到出生地山东老家。他把自己的忠骨，永远地留在了赣武夷青山怀抱的瓢泉。

我们在先生的墓前肃立，献上三炷香，饮尽一杯酒。一片云彩飞过，遮去阳光，"沙沙沙"洒下一阵英雄泪。"我见青山多妩媚，料青山见我应如是"；"陌上柔桑破嫩芽，东邻蚕种已生些"；"稻花香里说丰年，听取蛙声一片"；"大儿锄豆溪东，中儿正织鸡笼；最喜小儿无赖，溪头卧剥莲蓬"；"谁家寒食归宁女，笑语柔桑陌上来"……以前背诵辛词时，这些句子都不是我特别喜欢的，因为觉得太闲适、太烟火气了，远不如他的"把吴钩看了，栏杆拍遍，无人会、登临意"。如今才明白，原来这是被闲适的稼轩，被迫从将军变身为文人的稼轩，被"凭谁问，廉颇老矣，尚能饭否"的不甘的稼轩。

蓦然回首，历史多数时候是不道德的，个人只是微尘一粒，若不幸赶上暗黑时代，即使"弓如霹雳弦惊"的大英雄辛弃疾，也只能无奈地"唤取红巾翠袖，揾英雄泪"！

——我们沿着他们的足迹，在大山里寻寻觅觅，他们是朱熹、陆九渊、陆九龄、吕祖谦，这条路是他们当年走过的。

朱熹是南宋时期的大哲学家、教育家，被称为理学大师，其学术思想在中国文化史和思想史上卓有地位，后人评价甚多甚高，此处毋须多说。陆九渊的头衔也是南宋时期著名哲学家、教育家，被称为"心学之魁"，他的心学说"主要强调人的本心作为道德主体，自身决定道德法则和伦理规范，使道德实践的主体性原则凸显出来"（引自百度百科），恰与朱熹的理学说分庭抗礼。精彩的是浙东学派代表人物吕祖谦，还嫌事情闹得不大，于南宋淳熙二年（1175），特在赣武夷山脚下的鹅湖寺设了一个局,请朱熹、陆九渊当面辩论,还请来饱学之士陆九龄助阵。史载,四位学问家相与激辩,众多文化名士座下旁听,场面盛极一时。朱说朱有理,陆言陆有道,话锋锐利无比,气势夺人心魄,最后谁也没能说服谁,留下了"理学"与"心学"共存的局面,也流传下史称"鹅湖之会"的佳话。善哉,古往今来,我中华有多少大神级别的精英,又有多少卓然不群的才人,然而哪一个也不可能穷尽真理,因而只能共存,"顿渐同归",各自贡献出个人的一点认识与发现,涓涓细流,汩汩流淌,从而汇成浩浩汤汤的文明的大河,滋润和哺育民族的子子孙孙。何况目送青天,横览大地,世界各民族亦都创造出了辉煌灿烂的文明与文化,薪火相传,共荣共生,才使我们这个星球能够筚路蓝缕地走到了今天。

如此说来,"鹅湖之会"具有了更深广的意义,四位学问大家不仅擦出了学术火花,更碰撞出人类文明之花。四子后人在此建立起"四贤祠"以为纪念,经过千年以来的衍变,今天此地已成为供人参观游览的"鹅湖书院",全国重点文物保护单位。

古人真有眼光,专会选择好风景好风水,书院背靠连绵青山,被远远近近的绿树环抱着。最外面的大门楼上,依然高悬着古意盎然的"鹅湖书院"四字,一看就非今人所书,据传是清代铅山县令李淳所题。书院内的四贤祠、御书楼、文昌阁、讲堂、碑亭等处,亦在在都有题匾,比如"斯文宗主""穷理居敬""敦化育才""继往开来"等等,一匾匾也都是古雅沉静,遒劲厚重,全无浮躁与浮华之气,不由不让人心生敬仰,浮想联翩。

是,一切都还对着。整座院落仍完整,全部建筑依然在,其森森古意、朗朗书声、烨烨精气神儿,也都还像庭院内的老树一样,挺着腰杆,开阔胸襟,不卑不亢,沉稳有度地挺立着,向后来人讲述着诸子先贤们的谆谆教诲……

——我们沿着三位大师的足迹，在大山里寻寻觅觅，他仨是白居易、王安石、李商隐，这条路他们当年都来走过。

白、王当年是什么心情，因为丢失了他们的诗文，已渺不可考。唯有李商隐，这位中国最早最优秀的朦胧诗人，留下了一首《武夷山》：

只得流霞酒一杯，空中箫鼓几时回。
武夷洞里生毛竹，老尽曾孙更不来。

这是什么意思？一千个人里面有一千个哈姆雷特，对照他的"沧海月明珠有泪，蓝田日暖玉生烟"等朦胧诗句，很难言说他的真实心情究竟是什么，但至少从字面上看不出"正能量"。李商隐这个文学气质一流高端的大才子，只因无意间卷入党争，致使一生不顺，困顿坎坷，有时竟到了吃不上饭的极贫地步，简直比杜甫活得还悲苦。他哪儿有心情像今天的我们，不断高声地歌吟山高林密，颂扬潺潺流水？

然而重要的，是他来过，让赣武夷更多了一个支点。

五

对，支点。伟大的阿基米德曾说过："给我一个支点，我能撬动整个地球。"

——我在空寂无人的大山里，踩着坑坑洼洼的土路，深一脚浅一脚地行走。

路只有两米多宽，地面上的成分是土和碎石渣，时不时还会被大一些的石块绊一下,这种路,上世纪80年代以前很普遍,这几十年已经渐渐陌生化了。走得我的膝盖好辛苦,脚好疼。

为了不干扰动物们、昆虫们、植物们的生活节律,保护区里坚持不修新路。没有文件硬性规定,这是守护者们自己的选择。结果,辛苦的是他们自己,困难的是他们自己,麻烦的是他们自己,但是他们心甘情愿。如今这里的守护人已经薪火相传到第三代,三代人坚守着相同的"支点"。

程林,保护区科研管理科科长,算是"护二代"。恰好姓了一个"程",父亲给他取名"林",谐音"成林",表达了"护一代"的所想所愿,令人眼眶发热。程林在这样的氛围中长大,出去上了几年大学,选择的是植物学专业,毕业后就立即回来了,所学所用,用武之地上展开了英雄的功夫。没学过的比如昆虫学和动物学,在保护区这所大学校里自学。十多年下来,天上飞的,林里跑的,地下扎根的,差不多所有的生灵都跟他熟了,以至于有一次,一条剧毒的竹叶青跟他猝不及防撞了个脸贴脸,竟然没咬他就滑走了。万物有灵,其实无论是他,她,它,内心里都明白谁对自己好。程林笑称自己是被剧毒蛇亲吻过的人,我定定地看着他平静的脸,思忖着他的"支点"在哪里?

——我在空寂无人的大山里,踩着坑坑洼洼的土路,深一脚浅一脚地行走。

在保护区最著名的铁杉树王面前,我虔诚地站住了,双手合十。这株王者,已达近500岁高龄,主干笔直笔直的,顶端直插青天,仰头看不到它的梢头;树腰以下又直插向下面的悬崖,俯身看不见底,只看到袅袅云雾升腾着,让人头晕目眩。最漂亮的是它一条一条"手臂",错落伸展着千手观音一样的造型,因而也真得到了这个美名。在这位"观音菩萨"身后,率领着一眼望不到边的铁杉军团,一株株像阵仗里的士兵，挤挤挨挨地密集排列，一个军团接续又一个军团，乃至于方圆400余公顷全是它们的军营。南方铁杉为松科铁杉属下的一个变种，是我国特有的珍稀裸子植物，第三纪孑遗物种，被誉为植物界的"活化石"。在我国其他地区只有零星分布，唯在黄岗山区域保留着树龄约300年的铁杉原始林，因而也是"黄岗三宝"之一。不知为什么，我脑海里浮现出辛弃疾的《破阵子》，不由得吟诵出声："醉里挑灯看剑，梦回吹角连营。八百里分麾下炙，五十弦翻塞外声，沙场秋点兵……"

一辆小而轻的电动摩托车无声地停在面前，原来是护林员。他们是铁杉以及保护区所有林木的忠诚卫士，一天24小时，一年365天，天天不停地在大山里巡逻。最早，第一代护林员们靠的是双脚，后来有了自行车，现在换成了电动轻骑。

中华民族从发轫之初，就立下了尊敬树木的传统规矩。华夏民族的人文始祖伏羲，以木德王天下，被称为"木德之帝"。木有何德？孔子曰："五行用事，先起于木，木方物之初皆出焉，是故王者之，而首以木德王天下，其次以所生之行，相承也。"树木属生长、升发、伸展、舒展、扩展之意，人类的发展亦同。人类离不开树木，地球离不开树木，世界离不开树木。大地上郁郁葱葱的绿树，是荫庇我们千秋万代的自然始祖。

我有点冒失地说："这么百丈深渊的，即使公开施工，调机械来伐树，都很难做到啊。"护林员严峻地看了我一眼："嗨，你可小看偷盗者们了，他们的能量大着呢。"我愣住了，想起2021年贵州发生的盗砍古树案，连同一株春秋时代的2600岁古楠王在内，一共有30多棵古楠木被盗毁。现在，这看似平静的赣武夷大山里，竟也隐藏着如此残酷的战争呢！是的，这一片千难万难保存下来的铁杉林圣地，已经在大地上站立了千百年，绝不能让它们在我们这个时代消失啊。我定定地看着护林员严峻的面容，思忖着他的"支点"在哪里？

——我在空寂无人的大山里,踩着坑坑洼洼的土路,深一脚浅一脚地行走。

大山突然在这里站住了,眼前的小小山坳里,出现了一排简陋的铁皮房。屋子里有四张上下叠床,简单的被褥,还有一张小小两屉桌,上面摆着一台24寸的老式大肚子电视机。对面是间小厨房,立着两只煤气罐,几只盘子和碗,很简陋,像扶贫前的某家贫困户。

屋外,却赫然立着三块牌子:

海南师范大学·江西武夷山国家级自然保护区
生态学野外研究基地

北京师范大学·江西武夷山国家级自然保护区
濒危雉类研究基地

南京林业大学·江西武夷山国家级自然保护区
生物多样性保护研究基地

虽然经过风吹雨打,牌子都很旧了,褪色,裂纹,尘土,然而光彩照人。这排朴素的房子是给来这里搞科研的师生们提供的临时住所,物质条件虽然简陋,但从精神意义上讲,高贵得令人肃然起敬。

空寂的大山,可不是空洞的大山,而是一座宝库。保护区承担的任务多了,护林、科研、教学仅是其中的三大项。仅就科研来说,长江有多少条支流,黄河有多少朵浪花,保护区的科研项目就有多少分支分属。那么人手呢?保护区管理局从上到下,仅有30多人,当然是远远不够的。于是他们无论男女,无论老少,无论是"护×代",每个人都干成了一尊"千手观音"。

张彩霞，管理局宣教中心一级主任科员，年纪40出头吧，是风风火火的那种女人，说话干事都直奔主题，不耐烦拖泥带水。她和丈夫是大学同学，毕业后远离山西老家，跟着来到这片遥远又陌生的大山里，并像铁杉一样扎下了根。女儿从6岁起，就经常性地过上了爸妈不在家的日子，现在长到16岁了，更是自己照顾自己，基本上自己解决一切问题。委屈不委屈？那是肯定的，但母女俩嘴里说出的，都是淡淡的三个字："习惯了"。

就在我们说话的时候，"小客人"们可来劲了，它们是不知从什么地方赶来的小飞虫，比小米粒还小，劲头却无与伦比的大，飞蛾扑火一般地往我们的衣服里钻，往头发里钻，往鼻孔里钻，往嘴里钻，最受不了的是往眼睛里钻！钻！钻！大概平时太难得见人了，它们死缠烂打，前赴后继，宁死不屈，粘上你就不撒手，不一会儿白色衣服就被"霸黑"了。我们不断地扭动着身体，倒腾着双脚，挥舞着胳膊，严厉地拒绝着这份太过分了的爱情。唯有张彩霞钉子一样站在那里，像一尊刀枪不入的女金刚。我定定地看着她安之若素的脸庞，思忖着这位北方女子的"支点"在哪里？

六

告别的时刻还是来到了。

依依不舍。这会儿，一切都颠倒了过来，我觉得自己变成了那些小飞虫，只想紧紧地粘在保护区的每一株绿树上，每一朵鲜花上，每一片白云上，每一丝雾岚上，每一滴溪水上，每一缕阳光上，以及每一位守山人的心上——正是他们和保护区的所有生灵，共同发力，举起了座座山峰，举起了道道彩虹，举起了高天厚土，举起了古往今来，举起了千秋万代。

像高举着一面辉煌的旗帜，他们把整座巍峨的武夷群山，高高举向苍穹。

2023 年 6 月 6 日初稿，6 月 7 日定稿

醉营盘

一

我不喝酒，但却醉了——醉诸绿。

曾经沧海难为水。跟营盘山的绿相比，北京初春那些绽放在枝头、草尖的绿叶，简直就是大河里的点点浪花了。湖北省竹溪县这里，一座山连着一座山，一个岭裹着一个岭，一座峰掩着一座峰，鹅卵石一样密密麻麻，沙漠一样柔软起伏，星辰一样闪闪烁烁，远在天边又近在眼前。每座山都像一大颗丰盈的西蓝花，每个岭都是一只可爱的贝贝南瓜，每座峰都是一枝青竹笋，宛如被一座天大地大的绿帐幔掩映的蔬菜大棚，热烈生长，壮硕成熟，喜悦大丰收。

然而这还不是关键词。这里天地间的落点在于绝色，是谓一个大大的"绿"字。

绿树都站在头顶上，站得笔笔直直。在春风的指挥下，忽而吟咏古诗，忽而清诵散文。不管是老年树、中青年树还是幼儿树，每一株都努力张开绿膊，用尽全身的热血和力气，进行着灵魂级的表达。你听：

清晨振策上山巅,仰首飞云过马前。
才向岩巅攀老树,又从井底望青天。
身行乱石奔流里,衣为藤梢橘刺牵。
步步迤遭防失足,可知蜀道是平川。

——知县翁乔年《郧阳道中杂咏》

山光水色助徘徊,一种吟情马上催。
常日梦中犹着句,况从峰外探春回。

——拔贡谢思谦《春日游五峰山》

  时令已至深春——我一直不解,为什么仅有"深秋",只说"初春""仲春"和"暮春",却没有"深春"?其实深春就在那里,自信满满地站在代入感森森的浓绿里。在春夏之交的时节,木林已没有了初春那些个深深浅浅的嫩绿、青绿、翠绿、碧绿、鹅黄绿、海蓝绿、苍绿……那是在大自然蓬勃轮转之时,生命急急忙忙地在路上奔走,有先有后,有强壮有孱弱,但谁也没有放弃,都拼出了自身最热的血,从而绘就出一幅浓妆淡抹的《竞春图》。而现在,深春已至,所有的生命都已成熟了,故统而一者,共同呈现出一色的墨玉般的成熟。

  营盘山上也是同样,绿色大军已列好方阵,卯足精神,正昂扬地迎接夏天的葳蕤,期待秋天金灿灿的丰收。已经迫不及待迎来的,是一群群慕名而来的游客,他们叽叽喳喳,嘻嘻哈哈,呼呼喝喝,惊惊怪怪地行走在山间的绿意中,不停地向着青藤、老枝、苔藓、阔叶、水痕、雾气、花鸟鱼虫、负氧离子……一遍又一遍地大喊:"我来晚了!"

  情同此心,我想跟他们说:我也遗憾来晚了。这哪儿是绿树站在大山上,而是它们齐心协力把大山抬了起来,把营盘山的绿,送给了整个世界。

二

我不喝酒,但却醉了——醉诸水。

"山高水长",从前初识这个词时,我就喜欢上了,眼前仿佛立刻出现了一幅水墨画似的大美。但当时仅仅是囫囵吞枣,不甚了了其真正的含义,肤浅理解之下就抄起来乱用,这真要检讨。后来经人讲解,才知晓它实质的解释,应该是"山有多高,水有多长"。可这又是什么意思呢?

在营盘山夜宿,居然听到窗外"哗——哗!哗!"的溪水声,交响乐似的演奏了一夜,充满着淘尽千古风流人物那般的激情。第二天清早,果见雪瀑似的白练从高处奔来,仿若一队队腾龙,源源不断地飞下,张牙舞爪朝山下扑去。这是哪儿来的大水呢?难道头顶的山上有大河吗?

没有。营盘山绵延数百平方公里,莽莽苍苍,云蒸霞蔚,全是高山,全是绿树,全是鸟语花香,全是飞禽走兽;还有满山的故事;还有商朝闻太师在此安营扎寨并战死山中的传说,却唯独没有大河。那么这气势如蛟龙的大水,究竟是从哪儿来的呢?

有山中老者呵呵一笑,曰:"树大根深,每棵树都是一股水啊。或者,你说它们是一座座水库也可以的……"

这话说得真冲,在我的人生词典中,还是第一次载入。原来营盘山上的每株树,竟然是被看作一座座水库的,比之范公仲淹"浩浩汤汤"的洞庭湖想象，也不差多少吧？

果然我们就在幽绿深邃的大山里，看到多条白练。高者达数百米，裂天而下，惊涛拍岸；纤者推山而出，如拨珠洒玉，哗啦啦唱着自己的歌谣。还有极为稀罕的群体瀑布，呈"品"字形，呈"器"字形，呈"山"字形，呈扇面形，呈三角形……把一片山都"霸屏"了，真好似神话中的花果山水帘洞。

有人傻问这山上有多少瀑布？这简直是哥德巴赫猜想，无解。但见大瀑小瀑的水汇成一股股山泉，急忙忙向着山下狂奔，那清亮亮的水流在阳光、云雾、绿荫、鸟鸣织成的青空下，闪着晶晶莹莹的光，忽而像飒然的白雪，忽而像惊飞的白鸽，忽而像疾射的箭簇，忽而像跳涧的山羊……不，最形象的还是一队又一队由天门鱼贯而出的天龙，奔向人间，何其快意。

这是名副其实的天水啊，按中国传统文化的说法，天水即仙水。果然没错，这"仙水"早在2015年就被挪威的芙丝（VOSS）集团看中，成为这款享誉国际高端矿泉水的水源地，在全世界，VOSS的水源地只有两处，一处是位于斯堪的纳维亚半岛上的拉沃兰德（Lveland）小镇，另一处就是与营盘山下石板河相向而流的山泉——谁说中国的水质不好？谁敢说营盘山的水不是人间极品？

另外更重要的、最重要的是，面对着珠玉飞腾的营盘山，我恨不能双膝跪下，行三叩九拜之礼，因为排序是这样的硬核：湖北省→十堰市→竹溪县→综合农场→营盘山。凡有良知的北方人，都知道十堰是中国南水北调的重要水源地，为了干渴的我们能喝上洁净的水，湖北和十堰的上上下下，有多少山峰在发力，有多少树木在发力，有多少人民在发力？正是他们把自己家乡的青山绿水割了一大块馈赠给我们，才使我们嘶哑的喉咙唱出了深厚的《鄂乡情》！

情同此心，我想跟你们说：世上最高贵的不是蓝天、白云、朝阳、晚霞；不是山川、江海、花草、树木；不是粮食、布帛、吃喝、活着；不是男人、女人，官员、庶民；不是互联网、电脑、手机、微信；不是文学、艺术、哲学、宗教；也不是意志、信念、勇气、纪律……而是从史前茹毛饮血的时代起就像花儿一样绽开的爱心，还有标志着人类文明高度的人性。

三

我不喝酒，但却醉了——醉诸木。

"荏染柔木，君子树之。"（《诗经·小雅·节南山之什》）

自古以来，我国南方的五大名木，有樟木、檀木、泡桐、檫木和金丝楠。樟木不陌生，过去的年代，即使普通人家，也会有几只樟木箱，其特有的幽香味儿就像天生是为人类而生的，而且它还会令蛀虫却步，故被赞为"香樟"。这对它当然也有不利的一面，就是遭到了人类的恩将仇报，被过度滥伐之后面临绝境。好在近年来，樟树被通令一律在禁伐之列。我一闺密好多年前就心心念念地想购一对樟木箱，至今都还止步在憨憨的梦想中，瞧着她那一次又一次黯然的眼神，我窃喜并给予无情的揶揄和打击。当然，我们前面的路还很长很艰难，就在2021年，贵州还发生过一起盗砍古楠树的大案，连同一株春秋时代的2600岁的古楠王在内，一共有30多棵古楠木被盗毁。看着那些成百上千年都蓊蓊郁郁挺立在大地上的祖宗树，竟然死亡在我们这个年代，真让人捶胸顿足，对盗伐者痛恨到极点，无颜见先人！

檀木又称"青龙木"，仅看这名字就要多霸气有多霸气。它们面临的危局也与樟树差不多，让我印象深刻的是曾读到一篇文章，称有人冒艰险去东南亚饕伐紫檀,这是在中国已伐不成之后的疯狂。我想,世上绝大多数人都会旗帜鲜明地告诉他们,这是不义之举。

要详说的是金丝楠,在我的意识中这一直是"神木"。离我距离最近的故事,是在上世纪初年,清王朝呼啦啦地倾倒,然而许多遗老遗少依然过着挥金如土的靡费日子,只三四年光景就穷了,不得不靠变卖为生。1917年,位于北京王府井东边的豫王府,以20万两白银卖给了美国石油大亨洛克菲勒,在那里建起了协和医院建筑群。那可称是穿着中式外衣的洋为中用的楷模,其绿色琉璃瓦大屋顶下,铺着锃亮可照人的地面,上置当时世界上最先进的西洋医疗设备。不少清朝的遗老闻之,窝在家里呼天抢地地哭骂:"不肖子孙啊,单是王府大殿那八根金丝楠木的柱子,也不止20万两雪花银啊!"

这些哀嚎,早已和前清的辫子、小脚、大裤裆一起,被时代的洪流所碾压,其齑粉都不知被冲到哪里去了,不提。但金丝楠木的价格却比他们哭嚎时还要升得高之又高,甚至已是按斤来卖了。一部血与火的历史中,这种中国特有的珍材,只有皇家才有资格用,专用于宫殿、坛庙、陵墓等处的高大建筑,起扛鼎作用,据说能支撑千秋万代,倘若普通人偷偷使用了金丝楠,则是大的僭越行为,是要被处以极刑的。

数十年前,我见过一次金丝楠,不是在故宫,不是在天坛,也不是在南孔庙北孔庙。印象中是在一座荒圮的大院落里,汉白玉的雕栏玉砌尚在,琉璃黄瓦大屋顶的大殿也在,但早就没了气象,屋顶上甚至有荒草在风中摇曳。只有那几根大柱子依然气壮山河地挺立着,身躯刚直,虽苍老但腰不弯背不驼,廉颇老将军的英雄气不减。近前,手抚柱身,道道竖纹像佛陀的掌心纹,在阳光的照射下闪出一丝一丝的金光,恍然明白了这一定就是传说中的金丝楠木,一时像遇到了一位学问高深的大师,肃然起敬。

以上说了这么多,其实全是铺垫,算是大餐前的开胃小菜。那日在湖北省竹溪县,拐过营盘山的一个路口,突然撞见一块三米多高的巨型牌子,华表一般威风八面,上书"皇木谷"三个大字。起初并没在意,慢慢踱过去,惊讶地发现上面还有说明文字。原来,在距离营盘山不远的一个山谷里,还保存有一大片原始森林,雄雄壮壮地挺立着一大片金丝楠木群。这是当年一群有血性的营盘山汉子和女子,用自己滚烫的胸膛保护下来的。

> 采采皇木,入此幽谷,求之未得,于焉踟蹰。
> 采采皇木,入此幽谷,求之既得,奉之如玉。
> 木既得矣,材既美矣,皇堂成矣,皇图巩矣。

这如《诗经》风格的诗篇,其实不是出于那动辄歌吟心中事的春秋时期,而写作于修缮故宫与圆明园的晚清。那时,经过明清两代皇室的大量采伐,曾经盛产楠木的湖北竹溪一带,已经像垂垂老妇一样秃了头皮,所剩的古楠无几。后来,又经过百多年来一场接一场的豕突狼奔,全中国已见不到几株古树。

> 木有何辜,人有何能,世可有德?
> 厚德载物,秀木成林,世其恍惚。

神迹啊!天门开了,天兵天将涌出来,披着阳光织成的金铠甲,化作一株株金丝楠,深扎在巍巍营盘山。大山被它们发力抬起,王母娘娘亲自捧来浇灌蟠桃的圣水,化作袅袅白云,终年环罩在楠木林周围,铸成了它们的不坏金身。

情同此心,我想说,这一片千难万难保存下来的楠木,是为21世纪的信念和意志筑起的绿色长城。它们已经在大地上站立了千百年，这一回，任是谁，也不准再伤及这片林地，一枝一叶都不行，一纤一毫都不行！

中华民族从发轫之初，就立下了尊敬树木的传统规矩。华夏民族的人文始祖伏羲，以木德王天下，被称为"木德之帝"。木有何德？孔子曰："五行用事，先起于木。木，东方，万物之初皆出焉。是故王者则之，而首以木德王天下，其次则以所生之行转相承也。"树木有生长、升发、伸展、舒展、扩展之意，人类的发展亦同。人类离不开树木，地球离不开树木，世界离不开树木。大地上郁郁葱葱的绿树，是荫庇我们千秋万代的自然始祖。

四

我不喝酒，但却醉了——醉诸人。

天兵天将是谁？就是营盘山人。

1952年共和国成立之初，在朝鲜战场上的隆隆炮声中，营盘山综合农场开始创业。一队队梳着大辫子的姑娘们，一队队顶着光脑袋瓜的小伙子们，激情澎湃地上了营盘山，一边与荒草野蔓缠斗，一边击退毒蛇、大虫、老虎、豺狼……的凶狠攻击。叫作"信念"的茅草房还没竣工，黑熊瞎子先进去参观了。唤作"意志"的办公室还没启用，花斑豹先进去兜圈了。老天爷也不友好，时不时兜头浇来一盆大雨，来不来就砸下一阵冰雹。最恨人的是野猪，它们一门心思认定自己的尊严被冒犯了，无时无刻阴谋着夺回霸主地位。还有不单是姑娘们怕、小伙子也怕、大小领导们也都怕、无人不怕的毒蛇，整天吐着毒汁满嘴的蛇芯子，嘶吼着要把这群"天兵天将"赶回老家去……

郁郁葱葱的山绿，清清粼粼的溪水，煌煌茂茂的神木，你以为全是大自然所赐？

公路像舞女的绸带一样在山间旋啊，绕啊，飘呀飘，倏忽间就与白色雾岚舞在一起，倏忽间又投向阳光的怀抱。转得我们头都晕了，下车休息。一排七八成新的农家小楼站在蜿蜒的公路旁，二层，四五栋连在一起，光滑墙壁白得耀眼，配上木本色的柱子、木梁和窗棂，既端庄大方又简洁干净。各家门前还有一个连廊，可遮风避雨，也可坐在那里看风景。不知怎的让我想起1998年，我随中国新闻代表团去到马来西亚，当地媒体老总找了一位经商的富翁朋友，招待我们品尝榴莲。不是在富翁家里，而是在他住宅前面的街边。富翁四十多岁，脸色黑黝黝的，头发有点卷曲，高颧骨，浓眉毛，一看就是马来人血统。他住的是一幢有两个楼门的楼房，四五层高，一门住一户，他介绍说这叫"连楼"楼，自家住着一半。富翁的语气中充满夸耀感，我们尽管脸上都装得风和日丽，内心里可是刮起了大风雨，真心羡慕得眼红，以为是跟天上人间也差不多了。哪里想得到，只过了一眨巴眼的20多年，现在连中国大山里的农民也住上了这样的楼房。况且湖北还不是经济大省，竹溪县也仅仅脱贫才没几年光景。抚今追昔，我的脑子嗡嗡作响，心里乱得翻肠搅肚，真是感慨万端啊。

无巧不成书。一辆电动摩托车轻声停在楼前，下来一位50岁出头的大嫂，原来是女主人回家来了。她殷切地请我们进屋坐坐，张罗着沏茶。

生活变得家趁人值了，山里人的朴素本性仍未改变，对我们这些素不相识的几个男女并无防范之心。她的家堪称"豪华"，一层有客厅、卫生间、厨房、女儿房、储藏室，二层是几个卧室、卫生间、储衣间。客厅里有大布艺沙发、大茶几、大屏幕彩电、立柜式空调，女儿房间里还有一架雅马哈电子琴。她说这是二女儿的,她正在师范学院读儿童教育专业。大女儿已在北京的大学毕业,留在首都安家了。丈夫是农场职工,前几年在外打工,现在综合农场发展得好,就回来干了。她自己在农场种蘑菇的车间里上班。我夸她的家"比我家还阔气",她温和地笑笑,遗憾说盖这房子时正是俩女儿都上学,当时手头紧,要是现在还能盖得高级些。

她长相普普通通,圆脸,眼睛不大,头发开始呈现出灰色,就是一位普普通通的农妇。但说着一口纯正的普通话,接人待物有板有眼,既不夸张也不扭捏,让人觉出一种平等的舒服。

我们告别时,她也一随手带上门,跨上电动车疾驰而去,挥手之间就闪进了云雾飘飘的绸带里。我大声道了一句"辛苦",伴着"哗哗哗"的溪水声,整个绿意盎然的山谷里,响彻着她的回音:

"我不算辛苦。农场那边还有一位第一代垦荒的老奶奶,103岁了,还在自己动手种菜呢……"

我的眼眶瞬间湿润了,这就是营盘山人。这就是竹溪农民。这就是中国的劳动大众。他们是这个星球上最勤劳的人,从没有板凳高的稚子干到白发苍苍,每天从早到晚,不给自己休息日,不放弃任何一个生存、挣钱、养活家人的机会。他们甚至比老辈人还玩命,农耕时代是"日出而作,日落而息",现在他们借助于人类自己发明的"太阳",白天黑夜都不再停歇——就这样干出了今天的光彩,干出了世界第二大经济奇迹,把营盘山、把三山五岳、把喜马拉雅、把神州大地上的每一座山峰,都稳稳抬了起来,还高高举过了头顶。

情同此心呀,我想向全世界呼喊:"这就是中国人!"

五

我不喝酒,但却醉了。

——醉诸满山苍绿挺拔的翠竹林。

——醉诸满谷融霜染雪的海棠花。

——醉诸满地铺金镶银的野草小卉。

——醉诸满天绽放爆燃的朝霞晚霞。

——醉诸天空中欢乐鸣叫的飞鸟。

——醉诸大地上自由奔跑的走兽。

——醉诸70多年创业、守业、发展、创新的代代农场建设者。

——醉诸他们上大学、读博士的孩儿孩孙。

——醉诸改革开放的洪流奔腾向前。

——醉诸我的祖国更加奋进前行在人类文明的队列中。

……

情同此心,我真挚向读者们说:我愿举杯邀明月,共做竹溪营盘人。

2023年5月14日初稿,5月18日定稿

什么是海

一

飞机晚点，落到宁波栎社机场时，夜幕已低垂。有些小沮丧，因为是去舟山群岛，本想早些看到海的——对于整天囿于京城里的我来说，大海才是宏大叙事！

汽车在簇新的柏油路上飞驰。我不死心，一次次向窗外张望，却只有黑黝黝，千篇一律。打开车窗，既无风声雨声，也无读书声，我想象：大海已经睡过去？

就这么疑疑惑惑的，忽然就穿进了灯红酒绿。人影幢幢，摩肩接踵，路旁是一排排楼宇、商场、街道。我被告诉："到了。"惊愕之间，蠢问："海呢？定海不是岛吗？咱们怎么过来的？……"人家像王熙凤耍弄刘姥姥："亲，从桥上飞过来的哦，侬不晓得中国人的造桥是天下第一吗！"我赶紧自嘲："哎哟，我还以为到了岛上，是海风啊轻轻吹，海浪啊轻轻摇……"

第二天在岛上"长征"，车行东南西北，还是可劲儿在陆地上穿梭，一直未见到海。忍不住又打问？人曰别说定海这个最大的岛了，即使周边的好多小岛屿，也都造桥连起来了。"所以，我们也都快忘记自己是在海岛上啦……"

神了！

是，神了。我就没来由想起一个问题——

什么是海？

二

海是大神波塞东的舞蹈，是东海龙王的大笑，是妈祖娘娘的花园；

海是宇宙的墨水瓶，是太阳系的黑洞，是天荒地老的智库；

海是横卧的群山，是翻滚的森林，是高举的手臂；

海是时间的舵手，是空间的领袖，是万寿无疆的主宰；

海是闪电的 Wifi，是风雨的 iPad，是雷暴的 Facebook；

海是人类的玄幻，是帝王的野心，是民众的梦想；

海是大红的"福"字，是平顺的"寿"字，是笑盈盈的"喜"字；

海是父兄的胸膛，是妻女的柔肠，是游子的眷恋；

海是勤奋的双手，是奔驰的高铁，是冲上蓝天的 C919；

海是奋斗的目标，是励志的课堂，是激情的泊地；

海是智慧的集合，是意识的闪光，是思想者的家乡；

海是歌德的诗句，是欧·亨利的小说，是莎士比亚戏剧；

海是艺术的思念，是绘画的牵挂，是雕塑的守望；

海是"大"的神显，是"小"的形象，是无垠的知白守黑；海是一代代的激情，是年轮的能量，是古往今来的热泪盈眶；

海是梦断的忧郁，是悲悌的扼腕，是千年的一声叹息；

海是水中月，是镜中花，是心无挂碍的企盼；

海是命运的大网，是多舛的坎坷，是大自然的曲曲折折；

海是重启的电脑，是光量子计算机，是创新的充电基地；

海是苦够了八十一难仍不回头的刚毅男人，

海是尝遍了酸甜苦辣仍不退缩的顽韧女子，

海是涅槃的火凤凰！

三

而对于生活在舟山群岛上的定海人来说：

海是他们的全息宇宙。每天天光未亮，金塘岛、大鹏岛、长峙岛、长白岛……勤劳的耕海人就精精神神地起身了。一年三百六十五日，一万年三百六十五万天，从马岙镇走出古原始人开始，定海人就用耕种、造屋、编织、养殖、加工、旅游招商乃至海防、边防，迎接着红日冉冉升起！

海是他们的衣食父母。"普渔6003号"是一艘近海作业船，二百多吨，张军磊船长带着他的二十多名船员，每年有6—7个月闯荡在北太平洋的滚滚波涛上。七级巨浪劈上船头的时候，他们也手不抖，心不慌——这不就是在耕海吗？只要你披荆斩棘，筚路蓝缕，精心侍弄，海田里自会长出银灿灿的鱼谷、鱼麦、鱼瓜、鱼菜、鱼水果、鱼薯类……还会开出四时不断的鱼梅花、鱼迎春、鱼玉兰、鱼玫瑰、鱼含笑、鱼牡丹、鱼红掌、鱼仙客来、鱼倒挂金钟……呢！

海是他们的梦里故乡。"浙普远98号"陆亨辉船长驾着他那九百吨的远洋捕捞船，铿锵出港了！一面鲜红的五星红旗，在雪白浪花的翻腾中惊艳飘舞，三十多名船员眼里噙满浪花。这一去就是两年！目标——南太平洋和大西洋！猎物——赤道鱿鱼、秘鲁鱿鱼、阿根廷鱿鱼！理想——豁出去苦上两年，挣个几十万，回老家盖房子、娶媳妇！阵势——我中华常年有二百多艘这样的捕鱼船，在那片远离祖国的公海上作业！

　　海是他们的身家性命。悠久的渔业历史，浓郁的渔业文化，千百年来锻造出一代代果敢而乐观的闯海人。黄鱼、带鱼、鲷鱼、鲈鱼、石斑鱼……尤其舟山鱿鱼是中国主要的集散地，鱿钓产量竟然占到全世界的10%！你道鱿鱼是怎么打捞上来的？NO，不是下大网捕，却原来是靠人的一双手又一双手，一条一条钓上来的！

　　海是他们的传奇故事。作为中国的东大门，点点岛屿，片片征帆，袅袅炊烟，张张脸庞，左手右手，曾写下多少可歌可泣，曾传出多少威武雄壮，曾创造了多少辉煌灿烂！史前和新石器遗址文化，古代海防和近当代抗战历史，佛家和道家的神秘传说，古村落建筑和渔民画，海运商贸和闭关锁国，改革开放和一带一路……把哪一个册页展开，都像奔腾不息的排浪一样，精彩难具陈！

　　海是他们的铜墙铁壁。一百多年前的战败与耻辱，淌血的伤痕犹存，却是再也不会重演了。涛声只是一遍遍地讲述着同一天捐躯的三位总兵王锡朋、郑国鸿、葛云飞，不复有悲号，不复有哀叹，不复有弯腰摧眉，不复有银牙咬碎——因为整个民族已经巍然耸立。定海人热爱和平，但为了保卫祖祖辈辈的家乡，他们也绝不再忍气吞声，眼睁睁看着强盗来我中华的大海上横行！

　　海是他们永久的起跑线。6年前的那个早春，随着我国首个以海洋经济为主题的国家级新区的获批，舟山群岛新区挺胸昂首，走在了中国海洋战略的前沿。也就短短一瞬的两千多天过去，在定海古老的海岸边，已经屹立起国家远洋渔业基地、太平洋海工等一大批国企和民企；然后，国家级立项的中澳现代产业园也已完成规划，进入实施阶段——全世界人民都知道的一件事是：中国人一旦撸胳膊挽袖子地干起来，那就是高铁速度。当 LED 大屏幕"哐！哐！哐！哐！……"地推演着画面，把一座 8 年后就将建成的现代化、国际化、创新化、全面电子科技化的，无比豪华、亮丽、高端的滨海新城推到我们眼前时，我兴奋得站都站不直了，只感到海风真的是在可劲儿吹，海浪真的是在摇啊摇！

四

我曾看过法国导演雅克·贝汉和雅克·克鲁奥德联合执导的大型纪录片《海洋》。我当然醉心于大鱼群那种电光石火般聚、散、开、合的惊天动地的大奇美；可最让我刻骨铭心和椎心泣血的一个问题是：若是有一天，当人类将海洋里的鱼都捕尽了以后，怎么办？！

在长白岛后岸余家古村，望着远远在海面上漂浮的养殖网箱，这一阵忧郁又袭上心头。我忍不住把这心思剖给春祥弟听。

陆春祥，虽非舟山定海人，却也是多海岛的浙江之子。加上聪明透亮，修养亦高上，就淡然一笑，百分之百说："不会的！海多大啊，占地球表面积的 71% 呢，三百年也捕不完。"见我犹疑不语，他又眨着那双智多星的眼睛说："三百年后，我相信人类早就研制出代食品了……"

话虽是这样说，我的眼前，却总也抹不去海匪们的身影——君不见小日本的捕鲸强盗们，是在怎样争分夺秒地用鲸鱼们的鲜血，疯狂涂抹着他们罪恶的狞笑！

就像当年他们野兽般杀害中国人、东南亚人时的狞笑一样。而我中华是太热爱和平的民族了,我们温良恭俭让,眼里的大海只是经济的大海、商业的大海、建设的大海、风平浪静的大海。

心愿如此!海晏河清!

2017 年 5 月 1 日初稿,5 月 5 日定稿

(本文获第七届全国海洋文学大赛特等奖。)

武隆"避"

我知道,"武隆"加"避"的提法有点怪异,甚至让人莫名其妙。但我实在想不出什么更妥帖的字眼,来表达我对武隆的复杂感觉,以及期冀等等。

认识武隆很难,从我上次去探访它直到现在,近一年飞逝而过,可我这篇文章一直也写不出来——尽管我曾经多少次昼思夜想,企图找到一个绝佳的角度,来好好说说它。

我感觉,武隆总在推拒。它就像一位避世的神仙,一直深藏在重庆的崇山峻岭中,不知有汉,无论魏晋,不肯现身。即如现在,互联网已经把全世界都捆绑在一条通衢大道上了,武隆虽也是"无可奈何花落去",却还执拗地在道路上设置了长长短短、大大小小无数个隧道,让人不经过九九八十一洞,不充分体验磨牙吮血的渝路艰险,不彻底改变"武隆为我而在"的思维方式之后,不能轻易见到它。

异质的武隆,经历过上千万个冬夏春秋的霜雪,什么招都能化解了。

说它异质,是因为它不仅出落得生猛,悬崖、峭壁、森林、溶洞、大江，能现七十二种身形，不惧三十六路妖怪；还因为它脾气暴躁，一言不合，一事不遂，就突然暴跳起来了，拳打脚踢，山崩地裂，打出了一个直立于天宇和大地之间的大天坑，又踢开了一条长5公里、深500米的大地缝。从此，武隆就一直折腾在不停顿的造山大运动之中，上下摇晃不已，左右颠簸不停，人人皆喊头晕目眩，它却高兴得哈哈大笑。

武隆的异质，还表现在性格乖戾，在本来就黑漆漆的大山里，又建起一座吓得人灵魂出窍的黑色客栈"天福官驿"。凡看过电影《满城尽带黄金甲》的人，都对影片中那阴森可怖的黑色调客栈，留下了极其恐怖的印象。我记得当时电影推进到那客栈时，正是夜间，主人公们在那里睡觉，一群蒙面黑衣人来偷袭，我被吓起了一身鸡皮疙瘩，一颗心缩成一团，手脚冰凉浑身冻成了一块冰；而此番身临张艺谋亲选的这个实景拍摄地，心又纠结成一团，心想他是怎么找到这个古怪地方的？周围的四面大山本来就已经把光线压得暗无天日，而客栈还都是采用了黑墙、黑瓦、黑门、黑窗、黑立柱……总之是一片黑色调，站在院落里，虽然身边尽是喧嚷的游人，但看着头顶上、身背后压迫下来的嶙峋怪石，想着电影里那些突袭飞来的黑衣人，不由得在黑暗的色调里头皮发麻，频频地往山崖上瞭望，唯恐那些黑衣人突然出现，突然射来黑色的箭簇。

武隆的异质还在于它的脾气特别倔强：别的地方有的，我这里也一定要有，即使没有条件，创造条件也要上。所以，经过千万年的顽韧开凿，它竟然整出了一条粗壮的芙蓉江大峡谷，不仅让油绿汪汪的芙蓉江长年丰盛地涌流，把玉光莹莹的绿意牢牢锁在了武隆；还将一个超巨型的石灰岩洞穴，也就是我们俗称的溶洞放在了江畔，起名芙蓉洞。这个艺术宫殿一般的钟乳石大宝库，被称为洞穴科学博物馆，长达2.7公里，洞体高阔，石花满目，几乎包括了目前人类所发现的所有70多种钟乳石沉积类型，堪称"辉煌"。其中有一个大厅的面积竟然达到1.1万平方米，密布着各种各类各形各状的钟乳石，大的巨如山岩，巍峨壮丽，小的俨然微雕，玲珑剔透，让人爱恋，迷恋，留恋，依依舍不得离去，遂索性给大厅留下了一个辉煌的名字，就叫作"辉煌大厅"。

武隆还争强好胜，整出了一个世界上规模最大的珠串式天生桥群以及世界最高的喀斯特天生桥——天生三桥。好震撼人呐，在那由高山、峻岭、峡谷、大河、密林、岩洞……组成的莽莽喀斯特大空间中，人力不逮，造化出手，修造了三座宏大巍峨的大石桥，高度皆在300米以上，桥面跨度500米以上，飞架在万丈虚空中，看得人心惊胆战，无有敢以身试攀者，只能远远地望桥兴叹，为之起名曰："天龙桥""青龙桥""黑龙桥"。这三条巨龙，盘踞在不足1平方公里的地盘上，牢牢看护着脚下这片世所罕见的喀斯特地貌带，以及武隆所独有的醉人景观：蓝天白云、阳光纱雾、密林深树、苍翠山峦、倒挂悬崖、奇耸峭壁、飞流瀑布、淙淙小溪、茵茵绿草、摇曳鲜花、清凉竹语、往来鸟兽、自在自由、大千世界、桃花源……

这就是了，武隆也不总是一个坏脾气的倔老头。当春天来到的时候，当小鸟兴奋啁啾的时候，它就变成了一个温顺的大男孩，耐心地植种出一片天下独秀的高山草场。几十万亩的青草一起发力，长！长！长！不用很久，草就可以滑了，小伙子们哇哇叫着，勇猛冲进去，来个嘴啃泥，尝尝青草的滋味，回到了早已被城市们忘却的大自然；姑娘们巧笑倩兮，畅快地趴在草地上，挤一手绿汁，弄花了脸庞弄脏了衣裳却毫不在乎，只要求返回人类的初年。太可惜的是，还没玩过瘾呢，严冬就降临了，白色的冰霜封锁住整个高山草场，皑皑白雪就飘下来了。不过没关系，一点也没有关系，在一声声"滑雪去嘞——"的亢奋中，滑草改为滑雪，滑雪滑草两相知。

武隆还是一位丰姿绰约的姑娘，被称为"千里乌江画廊"中的第一位绝色美女。伊的漂亮是全方位的，浑身上下，连同眼睛所观之物、手臂所指之向、气质氤氲之处，整体勾画出了森林、石林、洞林，以及石头上长树、石缝中盘根、石心里结果的大美景象，与古树、明河、暗流、瀑布、深潭、山泉、溶洞等结构在一起，铺展成了一幅丰富多彩、美轮美奂的画面。伊仍不满足，又穿上彩虹的衣衫、白云的长裙，戴上珍珠项链、翡翠耳环、钻戒、金手镯和银脚链，多层次地展现了漏斗、洼地、谷地、槽谷等原始森林景观和盆地、洞穴、锥峰、石笋、峰丛、喀斯特潭等山地奇景，活生生把一个人间的武隆，变成了缥缈的仙境。

于是，武隆最盛大的节日，来临了！

公元2007年6月27日，武隆的名字被悬挂在联合国教科文组织第31届世界遗产大会的电子大屏幕上，接受来自世界各国评委们的审议。这些或金发碧眼、或黑肤厚唇，或西服革履、或环佩叮当，或白发苍苍、或窈窕淑女的国际高端评委们，吃惊地观看着重庆武隆喀斯特举世无双的美姿，一个个心醉神迷，无不为之严重倾倒，最终，都心悦诚服地、毫不犹豫地、十全十美地、皆大欢喜地投了赞成票，使中华的武隆、令人骄傲的武隆，成功列入《世界遗产名录》，成为中国第6个、重庆唯一的世界自然遗产。

说起我与武隆的初识，比那辉煌的时刻还早一年，却就是从它的申遗工作开始的。当初贵州荔波、重庆武隆和云南石林合纵连横，共同捆绑成"中国南方喀斯特"项目，向联合国提出申报。这是因为从2002年起，世界遗产委员会根据中国喀斯特在世界上的地位，并结合世界上申遗的审批形势，确定不再接受中国喀斯特的单个提名，而建议中国把最好的喀斯特捆绑成"中国喀斯特"做联合申报。2006年，荔波请我们新闻采访团前往考察了一个星期，我回来写了长篇报告文学《吉妮丽吉情歌》，整版在《光明日报》上发表，全面报告了荔波为申遗而做的种种工作以及环保的、教育的、舆论的、民族风情和民族文化建设等等多方面的艰苦努力。文章当然提到了重庆武隆，也就当然被武隆的有心人记住了。这为我后来被邀到武隆采访埋下了伏笔。

武隆县文联刘主席就是这位有心人。2010年11月11日，我在具有浓郁山城味道的武隆县城里，见到这位有事业心的文化同人。县城不大，一条清澈的江水环城而绕，把大玻璃幕墙的楼厦、货品鲜亮的大商城小商场、市民休憩的街心花园、人声鼎沸的街道、正放映着国际大片的电影院等等象征着现代文明的城区围在里面；又把沿着山崖次递而上的层层台阶、块块菜田、幢幢农舍、株株绿树等等代表着农业文明的郊区，展示在眼际线之内。作为国家扶贫工作重点县、全国科技扶贫示范县、全国农村公路建设试点县和三峡库区淹没县，武隆成功进入世遗后，面临着怎样纵深发展以及向何处用力的问题。

这时，我的"避"字就派上了用场。"避"，有"避免""避世""避灾""避难"等意思，还有"躲避"和"防止"的内涵。我的发言、我们一行以蒋子龙为团长的"重庆·武隆世界自然遗产知名作家采风团"团员们的发言，都是建议武隆要保持一贯的自然、平稳、低调、边缘、环保的绿色发展之路，避免卷入太喧嚣、太中心、太快速、太高调、太非自然状态的大跃进式的发展浪潮中；最最重要的是，一定要避免因为快上快开发，而破坏了武隆这片蓊郁、葳蕤、丰茂、油绿、生态、纯净、天真、无邪、已保存千万年的喀斯特大宝地。

刘主席笑了。武隆县委、县政府上上下下的工作人员都笑了。41万武隆人民也都笑了。他们正是这么做的，真多余我们这些外人来饶舌。

2011年7月31日

仰慕天柱山

题记：

　　安徽省有潜山市，古称"舒州"，乃古皖之源。其地面矗立天柱山，巨峰开石花，傲世而独绝。自有人类活动的五千年来，女织男耕，钓叟莲娃，日出而作，生生不息。只眼观其境，一派山清、水秀、人勤、地丰的淡雅日常，不呦呦于闹世，避嚣嚣之争锋。仔细走进去，认真品味，乃一块低调奢华的沃土……

　　仰慕天柱山，首先是仰慕天柱山的尊严。这是亘古洪荒的大自然杰作，有世上最大一簇石峰花，雄武地绽开在天柱山顶。石峰花呈爆发式怒放状，不知是在哪个春天，不知是被哪一夜忽然吹来的春风吹醒，于是在一阵天崩地裂之后，便留下了永恒。唯有牡丹真国色，九州最美天柱花，伟哉，幸哉，大自然格外开恩天柱山！

仰慕天柱山，是仰慕天柱山的内涵。群峰莽莽，奔腾而来，山浪峰滔，岩呼石啸。一座又一座巉峦腾起，一块又一块巨石发功，将满山的深绿、浅绿、苍绿、翠绿、春华绿、夏荫绿、秋水绿、冬雪绿、青春绿、盛壮绿、苍劲绿、天堂绿、意念绿、激情绿、曲折绿、坚强绿……高高举起，与天地人同辉，和日月星竞耀，共真善美歌泣。

仰慕天柱山，是仰慕天柱山的厚度。李白一步一回头，留下"待吾还丹成，投迹归此地"的心愿。苏东坡游兴高飙之际，挥毫写下"青山只在古城隅，万里归来卜筑初"。王安石虽累累被官场羁绊，内心却一直思念着"水泠泠而北出，山靡靡而旁围。欲穷源而不得，竟怅望而空归"的天柱山。黄庭坚来得最是时候，石牛古洞前巧遇大画家李公麟，请他给自己画像之后，迅即趴在石牛旁的大石上，神采飞扬地写下一首七言诗："郁郁窈窈天官宅，诸峰排霄帝不隔……石盆之中有甘露，青牛驾我山谷路。"

仰慕天柱山，是仰慕天柱山的坚贞。"孔雀东南飞，五里一徘徊。"徘徊何以故？徘徊寻觅谁？原来，美丽的孔雀是在呼唤焦仲卿与刘兰芝，想探究他俩是真的去了天堂，还是仍隐居在天柱山的某一座山峰里，绵绵不绝地演绎着死生与共的爱情剧，这是文化史上罕有的男女平等的情感剧啊。

仰慕天柱山，是仰慕天柱山的刚直。南宋末年，潜山人义兵长刘源率领义军万余，在天柱山抗击元军，一直坚持战斗18年，直到牺牲于此，留下名垂千秋的英名。其后，太平军将领陈玉成率部活动在天柱山区，与清兵相持多年。再其后，抗日战争和解放战争中，中国共产党领导的红色游击队，亦一直在艰苦卓绝的情况下，坚持战斗在天柱山的莽莽群山中。

仰慕天柱山，也是仰慕天柱山下的日常。一栋栋皖式徽派民居，粉墙，黛瓦，马头墙高翘。墙面是白雪公主一般的洁白，青砖是七个小矮人似的玲珑，错落有致地站在透明得发亮的山水里，把住在里面的男男女女，变幻成下凡的神仙。

　　仰慕天柱山，也是仰慕天柱山的奋发。一代代才人辈出，一家家儿郎脱颖，一位位美女绰约。三国时候有大乔、二乔；东吴出了兼文学家、科学家、数学家于一身的才子王藩；晚唐有诗词名家曹松；宋朝出了宰相王珪，还有画出《五马图》的李公麟；明末有登第状元刘若宰，完成了《金瓶梅》的修订；清初又涌现出桐城派代表作家、皖江文化首创者朱书；晚清有京剧鼻祖程长庚，率领徽班进京，为京剧这一国粹的形成作出了重要贡献；后来的潜山徽派还涌现出余三胜、程继仙、余叔岩等艺术名家；晚清又出了黄梅戏早期整编者洪海波，对黄梅戏的兴起和发展有奠基之功。新中国之后，又出了杂技皇后夏菊花，黄梅戏表演艺术家韩再芬……而我个人最感念的，当然是著名作家张恨水，不仅是小说圣手，还是一位杰出报人、渊博学者、丹青画家、谦谦君子，留下3000万字著作，至今，《啼笑因缘》《金粉世家》等作品，依然吸引着广大读者……

　　仰慕天柱山，也是仰慕天柱山的传承。今天，就在我们身边，还在源源不断地涌现出俊杰人物。一代宗师刘少斌，在天柱山的怀抱中长大，自创"天柱养生功"，某年随访俄罗斯，甫一亮相即惊艳全场，以致一个又一个洋弟子追随而来，甚至在山脚下建起"俄罗斯学艺村"，穿着对襟练功服，终日沉浸在天柱山的纯净里。

　　仰慕天柱山，也是仰慕天柱山的基因。试看今日中国文坛，潜山籍作家已有名声：简宁有诗歌、散文、影视剧等作品。徐迅以散文创作登上文坛，已获全国煤炭乌金奖、老舍文学奖等多种文学奖项。汪惠仁聪慧俊杰，一举考上南开中文系，现已主政百花文艺出版社，还写得一手童子功好书法……

最后，仰慕天柱山，是当年从余秋雨文章《寂寞天柱山》开始的。余先生独辟蹊径的"安家"角度，卓尔不群的"寂寞"见识，点石成金的历史追溯，滔滔不绝的宏大叙事，丰赡深厚的文化学养……无不震撼着我，使一座陌生的天柱山，从此在心中深扎。正如一个人要有知音的理解，一座山也需要经典的解读，否则，它就真的会寂寞、会被遗忘，直到地老天荒。

可惜我非古圣人，没有他们那种能把他乡当吾乡的气魄。不过，我也有能做的——仰慕天柱山，就常常来看看它。年年岁岁来拜谒，歌一曲，浮一大白！

2019 年 7 月 2 日

（2020 年福建普通高中学业水平合格性考试语文试题）

【破阵子】

一日三秋

题记：

三秋：初秋，仲秋，暮秋。三秋过去，
严冬的铁蹄就踏过来了！

那一日天将欲晓，本来都要起床了，我却突然做了一个极其荒谬的梦。我梦见一位浑身披着金光的女神，对我说："今天，你的城市，将完结三秋。"

我不信。那些日子，恰正是北京秋天里少有的好天气。

说来，霜降以后的北国，确实不似南方的秋天，于小风习习、丝雨细细之中，渐渐地由燠热演绎出温润；而是刀砍斧切似的，一夜之间，说声冷，就满世界里到处都充斥了冷的概念——那是一种让人绝望的冷，最难受的就是待在屋子里，稍稍坐上 10 分钟，寒意就能沁入骨髓，令你周身寒彻之后，产生一种永难忘怀的惧怕。这种日子里，别说读书写作会大受影响，就是人的心情也要被打上折扣的。可是今年据说是闰八月的缘故，深秋不寒，已到 11 月下旬了，太阳依然葆有暖人的热度，树上的绿叶也只是皴染上一个窄窄的金边。天气预报的温度竟和江南一样高低，令喜热惧冷的北京人打从心眼儿里舒坦。逢上高天蓝澈、阳光金亮的日子，我也会觉得情绪大振，工作效率会比阴寒天高出九十多倍。

所以，我绝口对女神说不信。与其说是不信，莫如说是不愿意，不希望，不接受，或者干脆就是惧怕。

可是神威严地说："人算不如天算。"

我定睛细看，不由得一激灵——我的天，你道这位神是谁？她竟是大名鼎鼎的简·爱小姐，整个儿英国历史上最有个性的女人。我还记得自己的少女时代，曾经整整被她点燃了八百年！

我吓坏了，可是又不甘心，讪讪说："那我和您打个赌吧？"

简小姐"扑哧"一声笑了，然后十分沉着地说："那好吧，你趁（'趁'：北方土话，'拥有'的意思）什么？可以全押上。"

我揪着太阳穴，使劲儿地想了大半天。可惜我真的是一贫如洗，不趁什么金山银海，只守着一个精神的家园，一天到晚苦苦徘徊其中，自己跟自己较着劲儿。我不由得叹了一口气，最后一咬牙，从牙缝里挤出 14 个字："要、是、我、输、了，下、辈、子、还、叫、我、做、女、人！"

真是找死！是不是？

一

我哆哆嗦嗦出了家门。一路上心悬着天机，就管不住自己的眼睛了，鬼鬼祟祟地老想往天上斜。

还好，我觉得起码太阳还正常，像往日一样一寸一寸地升高着，颜色也还是金黄的。不过再仔细往地面上侦察，不由得心惊肉跳了一大下：街上好像是有点怪异？马路上的人比平时多了七千倍，而且全是披肩发，全描着眉毛，画着眼睛，擦着胭脂，涂着口红，穿着裙子。明明没看见谁在开口讲话，可是空气中老是传来"嗡嗡，嗡嗡"的声音，就是几千人几万人同时在说话的那种声音，力量大得很。

于是我嘱咐自己加点儿小心。

进了办公室，一眼就看见我那张红色的办公桌上，搁着一封黑色的来信。素不相识的读者，劈头第一句便是：

"竟想不到一个女人会有这样高尚的境界。"

这是什么意思？我张了张嘴，没有发出声儿来，赶紧看了一下四周，幸好没人注意，就捂住嘴巴往下看。通篇倒全是颂扬的话，原来，是他读了我的一篇散文叫作《女人不会哭》的之后，引发了知音难觅又终于觅到、不写封信表达出来就难耐激情的一腔感慨。说实在的，这封信很打动了我，顿时使我泪水六万丈，有一种士为知己者写的知遇之喜。可是反复推敲这第一句话，又总使我耿耿，差不多要叫出来：

"女人怎么啦？女人就不能有高尚的境界？！"

真是再伟大不过的奇谈怪论！而更荒谬的，它竟是以真心实意的赞美为鱼雁，走了许多路因而是经历了许多磨难，才千里迢迢来到我面前的。我一时思接千载,悬想联连,一个没忍住,扭头将信递给我的"搭档"H君。

H君乃风度翩翩一学士。有高等学历,有书香门第的教养,还有青春的新锐感觉,很棒的一个小伙子,算是人尖子里面的人尖儿。可是他看了信之后,狡黠地一笑,不表态。只用一根长长的手指头,像敲打着灵魂一样,敲着桌上的报纸说:

"女孩儿可千万不能读博士。"

我问:"怎么啦?"

他大刺刺地说:"读成了不也就变成傻子啦。"

"哎哟——!"

那张报纸上刊登着"中国女博士"专版,介绍了几位杰出的女博士。其中有挺漂亮的女孩儿,秀外慧中,显得又聪明又活泼又可爱,可是H君竟口出这样的胡言乱语,令我大为惊诧。又一阵悲哀袭上心头:连这么年轻这么优秀的知识分子,也还是这么忠心这么不二地追随着孔老二先生,可见中国女性的前进之路,还有多少陷阱、断层、沼泽、埋伏和大地震在等着我们啊!

心里觉得别扭,把头扭向窗外,突然吓白了脸:太阳已被封锁在层层叠叠黑云里!五彩缤纷的菊花、玫瑰、一串红、美人蕉、大丽花,还有香蕉、苹果、大鸭梨,顿时头也耷拉了,身子也蔫了,全都灰头土脸的失却了颜色。而杨树、柳树、槐树、桑树、枫树、银杏树、合欢树、黄桷树、梧桐树,甚至包括松树和柏树,所有的绿叶都正在"嘎嘎啦啦"地受着刑。肉眼都能看见的一排又一排黄颜色的虫子,就像一队队凶神恶煞的宪兵,正狞笑着、嚣叫着、心里阴暗着、手舞足蹈着、得意扬扬着,强行往上面涂抹着霸道的黄色……

"断送一生憔悴,只消几个黄昏。"对了,就这感觉。

我想起简·爱小姐的谶语,不由得心惊肉跳!

二

不过还好,中午时分,当我骑着自行车,沿着二环路向北京大学奔去时,天上没有下五十万级狂雪,也没有刮四百万级大风。

这是北京最漂亮的一条路,曾经花了巨大的人力财力,大搞沿线绿化美化。我居心叵测地东张张,西望望,看了又看,瞄了又瞄,目标当然是每一棵花木,连小的也不放过。还好还好,甭管是什么树,也甭管是阔叶、针叶还是藤科,叶子的颜色虽然一色儿地黄了,但叶梗还坚挺,绷着劲儿地支撑着叶面,像在不服气地抗争着。叶面呢,也还平展,还有珠圆玉润的光泽,不像是三五天就能干萎枯卷掉下来。

我稍稍、略略、微微放下了点儿心。

我是去北大开会的,参加"妇女与文学"国际研讨会。今年在中国做女人,可以不时遇上点儿小感觉,强刺激一下,就好比平时在家里没什么位置的二妞,一来了客人,她也就跟着变成了个人儿。已经参加了好几回关于女人的会,也跟着出了两本不用自己掏钱的女作家丛书,还接到许多关于女人内容的约稿函电甚至电报——其实我觉得已无须再写,全国的大报小刊,早已是"满天风雨下西楼"了。这么整天"女人,女人"的,可以说自我感觉良好得无以复加了吧?可是不,连我自己都不明白,怎么还老是贪得无厌蛇吞象,老是不知足,老想拽住大街上随便一个中国女人,问问"世妇会"给她的命运带来了什么没有?

正想着,前面大步流星走着一位妇女,就忍不住追上去,问了这么一句。谁知他回头就嚷:

"你看清楚了啊,你!我可不是女的啊!"

我大愕:真的不是女性!"可是你穿什么裙子呀?你!"

"谁规定男的不许穿裙子了?"他就像攒了三亿天的气可找着了出气筒,站在大马路当间,斗鸡一样嗷嗷开了:"噢,就许你们女的穿我们的男衬衣、男裤子、男袜子(还有穿男背心儿和男裤衩儿的呢),就不许我们也潇洒走一回?这也太不平等了!现如今我们男人怎么这么受欺负?告诉你我们也不干了啊!"

"好好好,你穿,你穿。你穿!"我无心恋战,且让且退,趁他一个不注意,蹬上车子就跑。他还在后面不依不饶呢:

"你睁大了眼睛看看,今天谁没穿裙子?"

"噢呀",我心里一亮,恍然大悟:怪不得早上满大街裙子呢,却原来是男士们已经觉得忍无可忍,开始反击了!

可真是多事之秋。

一进北大会场,就看见了许许多多的金发碧眼。并不都是女的,也有着星星点点男士,像是点缀在宇宙星河里的几颗大行星。他们倒挺守旧,按正式出席国际会议的礼仪,俱穿着笔挺的西装,规规矩矩打着领带。主席台上,培蒂·弗里丹正在做报告。

弗里丹女士可不是个小人物。她已年过古稀,一头银发,在头顶上冲起一圈神圣不可侵犯的光晕,显示出她倔强与坚强的生命存在。老太太是美国著名的妇女运动领袖,从本世纪三四十年代起,就置身于美国妇女解放运动,曾以一本《女性的奥秘》开启世界女权主义运动先河。虽然当今在西方,女权主义运动经过发展演变,已经由单纯要求男女平等平权,深入到思想、伦理、道德、文化、哲学以及对人类的终极关怀等等观念领域,作着更进一步的反思与追问,连"女权主义"的名称也已被更为科学的"女性主义"所取代;但是在我们中国,与我们大部分汲汲于吃饱穿暖、一小撮论战穿裙子还是穿裤子的男男女女们,还有如登月的太空人一样毫无关系。

正想着,忽然就有了关系,弗老太太在台上点了我的名:

"韩小蕙,你,有没有负罪感?"

"有!"我连忙像答到一样大声答有。比如我今天来这里开会,不能按时下班回家,就觉得欠了男人的,一进家门就直奔厨房去攻读家政大学物理系,刷锅洗碗带扫地……

"知道,知道。"弗老太太忙不迭说。"和你一起来开会的男士们,可就大相径庭了,他们可都是大功臣,一进家门是从胸腔到腿肚子、从头发梢儿到小趾头尖儿,全装满了居功自傲的感觉,恨不能把鼻子翘到脑门儿上,叫太太们把饭都喂进嘴巴里。知道,知道,这种感觉我太熟悉了,我当年都经历过,我们美国女性都经历过,都是这么走过来的。"

"走过来了吗?您肯定走过来了吗?!"

培蒂·弗里丹女士双手一摊,耸了一把肩。

我怅然、惘然、凄然、惨然走出会场,踯躅未名湖畔。哎呀,真是糟了!刚才还宛如翡翠玛瑙一样碧绿的湖水,怎么突然之间,水色就灰蒙蒙的像污水池一般了?二三十株残荷,戚然凋立水中,无奈地曲卷着黑色的叶子,弓着腰,低着头,像是在为自己默哀。七八丛枯干僵黄的芦苇,也全无了"枫叶荻花秋瑟瑟"的韵致,仿佛冰天雪地中冻僵的孤老,徒然地伸着手臂,向天空抓挠着无望。更有本来诗一样美丽的银杏树,此刻忽然"轰隆隆隆"一阵怪响,眼瞅着一颗颗金星似的小圆果"纷如雨"落满一地,有泪如倾呀!

我一着急,心头突然冒出李清照的一首诗:"红藕香残玉簟秋。轻解罗裳,独上兰舟。云中谁寄锦书来,雁字回时,月满西楼……"这首千古绝唱的《一剪梅》,过去千百年来、千万人之口,一直是当作爱情诗解,我也信然。可现在,感觉怎么不对了呢?对于千古才女的李清照来说,"才下眉头,又上心头"的,我不相信只一个"爱"字了得了——以她的才气、诗文,她的行为举止、方方面面,早就冲破了规矩的极限,比得男人黯然失色,这难道不是天大的罪过?难道能说封建主义的绳索只去捆绑世间的女子,独独对她一人网开一面?骗谁呀!所以,李易安的这一个"秋"字,和简·爱小姐对我说起的那一个"秋"字,都惊天动地,泣遍鬼神——思悠悠,恨悠悠,恨到秋来方呀始惊魂!

我开始有点儿害怕了:难道秋真的要断送在今天?

不由得双手合十,低首下心,叽里咕噜地向所有神明发出最虔敬的哀告:"可——别——介——!"

三

挎包里的BP机突然像警报一样地叫起来。

是我的朋友著名女诗人李小雨。她要我5点半赶到意大利使馆文化处,说有几位来参加世妇会的意大利女代表,想跟中国的知识女性座谈交流。我忙说不行,晚上中央台的"今晚8点半"节目,还让我就女记者生涯去做现场直播(又是劳世妇会的大驾特意安排的)。她说行,8减5等于3,还有好几个小时呢。我复说不行不行,中央台的我还没准备好呢,哎,真的,你说该讲点什么好?虽说现在全世界的女人这么一来,咱们中国女人这阵子的确是够"抖"的,可我怎么整个儿还是一个"唯有泪千行"的反动感觉,是不是彻底的不可救药了?小雨这会儿可顾不上我的感觉不感觉了,她断然说了一声"等你",就把电话挂上了。

我一看表已经 4 点半了，不由得倒吸一口凉气。只好像澳大利亚袋鼠一样狂奔到大街上，猛挥手拦住一辆的士，冒着被司机斥死的危险，抢开车门就往里钻。司机人高马大，一身男装，却细声细气地问："您去哪儿？"我接受了中午的教训，不敢造次，闷头窝在座位上。谁知她主动朝我嫣然一笑，告诉我她是女的。我这才敢往她的身上看，嘿，她倒穿着裤子！忍不住把中午的遭遇讲给她听。她笑得前仰后和，我趁机问：

"看来你是个女权主义者，不然怎么坚持穿裤子？"

她"咳"了一大声，抱怨说："啥'男拳''女拳'的，也忒麻烦了！上午还都叫穿裙子呢，下午又非让换上裤子不可，这不，俺是刚家去换上的。您瞧，一眨么眼已经快 5 点了，拉完您就又得朝家奔，接孩子，做饭。等刷完家伙（北方农村土话："刷完碗"），晚末晌儿还得再出来拉几趟呢。"

我气急败坏地问："那你丈夫呢，他什么也不管？"

她没好气地说："大老爷们，哪儿有整天摸炊帚把儿的，那还不更让人戳俺的脊梁骨啦？俺们农村，照你们城里妇女的'解放'，还差老鼻子呢！"

我哑然。

此时天已渐渐暗了下来，暮云越压越低，暝色进入了高楼。东区的高楼可真多，一座座豪华大饭店遮天蔽日，灯红酒绿，晃花了我的双眼，根本没看清这里的秋是否还在树梢？万幸的是我没有迟到，气喘吁吁刚坐定，三位意国女士翩然进了屋。通过介绍，知道了一位是学者，一位是教师，一位是社区服务职员。三位近年来皆全力研究妇女解放问题。

我给她们讲了我的一篇文章《给女人分品》。说来，该文还是由一位颇有地位的男士对我的提问引发出来的。他告诉我女人一共有 5

个品类：1）家庭型。2）社会型。3）感情型。4）色情型。5）享受型。然后他就问我，我认为哪一类是上品？我直言不讳地对意国女士说，99.999%的中国男人，都是给"家庭型"以上品待遇，其内涵一言以蔽之，就是女人要留在家中（即使女人出去工作，也要把心留在家里），把男人伺候好。可是现在也有不少中国女性、特别是知识女性，逐渐有了自己的想法，认为男人不应该是女人唯一的一片天，女人也应该有自己的事业、自己的情感，还有自己对生活的要求、享用等等。当然，阻力还像泰山压顶一样可怕，因此女性的牺牲，比如被迫离家出走乃至离婚、遭受打骂甚至致伤致残毁容、被社会舆论唾弃，有的死无葬身之地等等，也是相当惨重的。"又当然"，我忽然记起"前途是光明的，道路是曲折的"这句名言，赶紧补充说比起万恶的旧社会，我们今天已经进步了许多许多。

　　三位意国女士听得目眩神迷，六条眉毛一忽儿九点一刻（——），一忽儿十点十分（\ /），一忽儿八点二十（/ \）；三张脸也一会儿拉长，一会儿变圆，一会儿成为三角形。她们还不断地提出很怪诞的问题，比如"你写作是为了男人还是为了女人？""你认为是男人还是女人能够拯救世界？"等等。于是我也开始向她们提出更怪诞的问题："你们愿意做男人还是愿意做女人？"……

　　可惜时钟"哐！哐！哐！哐！"，又像战斗警报一样敲响了。我实在不能再延误了，只好像鸡啄米一样连连点头致歉，然后又成为一只美洲豹，三两步跃到马路上，慌里慌张钻进一辆的士，一迭声催司机快开。这回，天晓得怎么竟还保持着相当的清醒，没忘记看看路边的树梢——长安街上的杨树叶倒还挂在枝头，可是每一片叶子都像煮熟的莼菜一样曲卷着，情形岌岌可危！

　　混乱之中，没留神这会儿是裤子还是裙子？

四

后来我的脑子就混乱起来,下面的事记不大清楚了。

只记得当面对着巨大的播音机器时,我感到自己仿佛变成大狮子脚爪下的一只小老鼠。我拼命挣扎着,用尽全身的血、肉、力气、精神、灵魂,还有信念、真诚和责任感,竭力端出一副从容不迫、信心百倍、自尊自强、精神抖擞、整个儿革命热情蓬勃高涨、活得要多带劲儿有多带劲儿的架势,侃侃而谈。我记得自己至少念了三十六遍"飒爽英姿五尺枪,曙光初照演兵场";至少背诵了四十八遍"可上九天揽月,可下五洋捉鳖";还至少铿锵了八十四遍"下定决心,不怕牺牲,排除万难,去争取胜利"。最后,我第一百六十八遍地重复道:"前途是光明的,道路是曲折的",从而结束了我的讲演(据后来主持人告诉我,我的讲演效果相当好,反应热烈。我自己也接到一大摞听众来信,有的"心潮澎湃",有的"热血沸腾",有的"热泪盈眶"。而在我自己的内心深处呢——实实在在,感到大惭大愧呀!)

我还记得从播音间一出来,就赶紧飞奔到电话机旁,拨通了家里的号码。我的女儿北京史家胡同小学 6 年级 2 班中队长梁思彦小同学,一听是我,就在电波那边不满意地大喊起来:

"妈妈这么晚你还不回来明天我们要考试老师让家长帮助复习你怎么一点儿也不关心我?……"

我顿时又掉进冰窟窿里。心里急得一窜一窜冒出火苗,烧出了一身淋漓大汗。赶忙急赤白脸冲出广播大厦。

这回我记得清清楚楚,一奔到长安街上,我就哭了。

不用说你们也知道是为什么了——

只见满天满地，像撒传单一样，飞舞着萧萧瑟瑟的落叶，伴和着满世界满宇宙"咿咿啊啊哇哇"的悲鸣。那些杨树的、柳树的、槐树的、桑树的、枫树的、银杏树的、合欢树的、黄桷树的、梧桐树的，甚至包括松树的和柏树的落叶，初始离开枝头时，是黄颜色的，发射出一种十分怪异的金亮亮的光芒。黑夜中，这些通体透亮的万千叶片，就像找不到家的孤魂一样，拉着呼啸，打着旋儿，飘飘忽忽，摇摇摆摆，在半空中盘桓着，延宕着，挣扎着，竭力抗拒着强大的地球引力，不愿沉沦到大地上。而当它们刚一落到地面上的刹那间，一下子就变成了皑皑白雪！于是，满大街，满屋顶，满世界，满宇宙，满天，满地，满身，满脸，满人心，一切都让威严的白雪覆盖住了。

我长这么大，还从未见过这种雪！它们不是无声的，而是像北风一样"呜呜呜"吼叫着；不是一层一层地铺洒着，而是一丈一丈地蹿跃着；不是冰凉刺骨的，而是灼热烫人的；不是"回眸一笑百媚生"的赵飞燕、王昭君、杨玉环，而是从金戈铁马中厮杀而来的花木兰、穆桂英、秋瑾女侠。它们分明不是传统意义上的白雪了，而演变成为具有现代内涵的白色火焰，平地三千丈，熊熊燃烧着，冲天伸舞着强劲有力的手臂……

大街上空无一人。

秋真的完结了！

1995 年 12 月 3 日—12 月 10 日初稿
1996 年 1 月 31 日—2 月 3 日二稿大改

一只金苹果

跨入21世纪了,仁慈的上帝想:人类应该有较大的进步了吧?他就把一只金苹果挂在联合国总部的大门上。

一下子把所有的人都吸引过来了。

前呼后拥的官员挤在最前面,威严地说:"瞧,这只金苹果多么辉煌,应该把它归属于我,以表彰我为人类所做的杰出贡献。"

一旁的侍者看见此景,满肚子不满地嘟囔着:"这些贪婪的狗官,整天罩在名誉和地位的光环里,够风光的了!这只灿烂的金苹果,应该赐给我们这些默默无闻的普通人了。"

踌躇满志的大亨傲慢地看了一下周围的人,响亮地说:"哦,这只金苹果呃,的确还不错,把它拿给我,我什么都有了,就是还没有它嘛。"

站在后面的穷人立即反驳说:"既然你已经什么都有了,就不应该再让你拿走,应该分给我们这些什么都没有的穷人。"

聪明人推一推眼镜,十足居高临下地说:"无论是依据物竞天择的老式法则,还是引入竞争机制的新秩序,这只金苹果都应该分给聪明人,以鼓励人类越来越走向智慧而不是相反。"

笨人这时的脑子出奇地好使,马上接茬道:"聪明人本来就比我们智商高,可以通过努力得到他们想要的。金苹果应该无偿分给我这个愚拙之辈,以求世界的平衡。"

漂亮姐满心喜悦地盯着金苹果,伸手就去摘,一边说:"嘿,这只金苹果和我一样出众,拿在我手里,才更能显示我的美艳和它的高贵。"

丑哥丑妹忙用身体堵成一道墙,连声嚷道:"不行!不行!你已经有了骄人的美貌,就不要再起贪心,应该把它留给我们这些不幸的人,让谁都有一条生路。"

男人瞅着金苹果,又瞅瞅身旁的女人,哈哈大笑道:"金苹果,好啊,能让我们男人更强壮,世界也就更雄健,更有希望啊。"

女人妩媚地笑着,柔声细语但却很坚决地说:"不对,亲爱的,应该把它留给女人,这个世界要是没有了女人,就会是凄风苦雨的一片昏暗,比地狱还要可怕。"

成年人爱惜地拍了拍自己的臂膀,当仁不让地说:"虽然人人都想要它,可是金苹果只能给我,没有了我辛辛苦苦的工作,谁来养活你们大家?"

老年人一听就不高兴了,皱着眉头说:"真是逆子之论,不敬老,要遭天打五雷轰。我都苦干一辈子了,给你们打下基业,不然能有你们的今天?金苹果当然必须敬老。"

小孩子跳着小脚尖声尖气地叫道:"不行,不行,金苹果得给我,我才是世界的中心,什么好东西都得先给我!"

…………

如此,吵成了雨后的蛤蟆坑。

噪音卷起一股龙卷风,就像搭上了火箭,直向太空窜去,把上帝的耳鼓都快敲破了。仁慈的上帝终于生气了，挥挥手，把魔鬼叫了来。

魔鬼眦眦獠牙，张开血盆大口，急急地对上帝说："您看，您看，他们还口口声声平等、博爱呢，真是连鬼都不信哪！"

上帝用手捂着腮帮子，做牙疼状，苦恼地说："那你说该怎么办？"

魔鬼挥舞着魔爪，嗷嗷叫道："收回呀，把金苹果收回来呀！据说人类正在搞什么基因、克隆的名堂，号称能制造出又聪明、又漂亮、又强壮的新人，那么想必也能制造出道德高尚的君子了，等到那时再给不迟呀。"

上帝颔首："唔，这主意不错。"

魔鬼受到表扬，马上长了脸，一个箭步跳到金苹果跟前，用毛茸茸的大爪子护住，青面獠牙地喝斥道："都放手！都给我放手！你们谁也没资格，金苹果收回了！"

上帝痛苦地闭上了双眼。

内心的自美

题记：

  近年来走东南西北，但见到处修庙拜佛，香火大盛。多有虔诚者，伏地长跪不起，痛哭流涕，哀哀向佛求乞。他们求的是什么呢？佛为何会有如此之大的神力？每每思之，不解。

  某日读美学著作，突然顿悟，谨记如下。

  青山如玉，白云似雪，彩花若蝶。高高的摩天岭上，行人个个步履如飞，争先恐后登攀，都是要前去寻求美丽的。

  美丽是人生的依凭。美即财富，美即力量，美即真理，美即幸福——因而，人活一世，一时一刻也离不开美。对美的占有越多，生活的幸福感就越浓稠，这应该是一个正比例。

可是，问世间"美"为何物？这道亘古的难题，谁人又能解清楚！

一群叽叽喳喳的姑娘相携相伴而来。细嫩的阳光，丝丝缕缕，恋在她们白玉般的脸颊上，更衬出这群花季女子的明丽夺目。她们都是好姑娘，心质清纯，冰雪洁白，都有一颗求美求上进的心，一听说樟木头的摩天岭上请来了三千世界的净水观音，就忙忙地相邀在一起，急煎煎地赶了来，想求菩萨告诉自己：如何才能变成世界上最美的女人？

行人一步三回头，眼睛忙不过来了，一边在心中品评着：她们当中，哪个最美丽？显然的，姑娘们也知晓自己的魅力，故意舞动着柔得像羽毛似的腰肢，前前后后地追逐，嘻嘻哈哈地笑闹，把最青春最岁月的珍珠，瀑布一样，抛洒在幽情的山谷。

白衣女子高挑、白皙，瓜子型脸蛋透着桃红，活脱脱一只高蹈翩跹的白鹤。可惜她是个冷美人，眼睛内外都是冰碴儿，看不见任何别人，只是爱着自己一个人的世界。

绿衣女子温婉、清丽，真像一支拂风的翠竹。可惜她动作的幅度超过了本真，一举手一投足一嗲叫，皆意在给别人瞧，她太想嫁个超级的富豪了。

紫衣女子显出一派高贵相，有紫气东来的味道，像是来自帝妃之乡。但见她笑不露齿，轻移莲步，竭力模仿着大家闺秀的举止，可惜缺失了文化的温润，声音太锐，语言太粗，行为举止欠了品格，下得了乡野却上不了庙堂。

红衣女子的眼睛生得真漂亮，弯弯的如一牙新月，亮晶晶闪出一泓清水，正是古人形容的明眸如潭。可惜她的嘴巴太大了，想要吞下全世界的珍宝，她一定没听说过天方夜谭的故事，那个贪婪的王后，最后是在金光万丈的宝库里饿死的。

蓝衣女子生着一头浓荫般的秀发,"哗"地一甩,不啻一首撼人的诗,整个山谷都为之一颤。只是那哗哗的摆动太像广告里的"秀",诗意不足生命的激情更不足。她老在悲悲戚戚地想着一件事:青春凋谢了怎么办?花容干涩了怎么办?能用什么仙方保持永恒的美丽呢?

……………

森森青山,肃肃白云,默默彩花。逶迤山道上,女子们拾级疾步,香汗湿衫头不回……

当她们终于爬到山顶时,一个个都惊呆了!

但见半空云中,一朵岛屿似的大莲花盛开着,观音娘娘端坐其上,大山一般庄严、沉静而又祥和。白莲般圣洁的脸上,丹凤眼半眯着,像是在沉思,又像是在为普天下所有众生祷告,那份大悲悯的慈爱,只有天和地可以承载!若说美丽,这是姑娘们今生今世、来生来世,所见到的最绝色的美人!

观音娘娘左手持宝瓶,右手做赐福式,似乎没看见她们的到来,却分明在倾听着她们的心音。

姑娘们赶紧站成一排,双手合十,声声祷告,求观音娘娘赐予她们美丽的天机。

菩萨不语。

姑娘们一个一个走上前去,双膝跪下,以额碰地,求观音娘娘点化她们愚钝的心灵。

菩萨还是不语。

白衣女子哭了,扑到莲花宝座上。其他姑娘们的热泪,也流水一样滚落在发烫的胸膛上,再三再四地央求娘娘显显灵,保佑自己能拥有享不完的荣华富贵。

菩萨仍然不语。

此时，一位光彩绝伦的老妇人来到姑娘们中间。岁月的刻刀，在她身上留下了痕迹，也同时凿就了一尊美玉般的雕像：她的双眸仍然亮若晨星，面颜如同清雅的水仙，周身闪烁着优雅动人的风采，就仿佛是一位来自天上的仙姑。

她一挥手，拂去了姑娘们的眼泪。缓缓地开了口：

"美，是自己从灵魂深处开掘，创造出来的。"

"美，是高尚道德之花的盛开。"

"美，是真实，是善良，是促进别人的欢乐。"

"美，是永远对生活充满希望：不断燃烧热情之火，吹拂浪漫的风，充盈生命的激情，寻找快乐的理由，沐浴大爱的神圣，细细地体验和享受这个无所不有的世界所赐予我们的一切一切的美好。"

"而这，就是佛呀。佛——即是你们内心的自美。"

2005年1月16日初稿，1月22日修改
1月26日再改，2月11日改毕

女孩子的画

——有感于一种流行

我看见一个青春美少女,坐在蓝天白云之间的绿草地上,手里拿着一支笔。金红色的阳光像一条轻柔的大披纱,浮动在她身上,构成这幅绚烂油画的主旋律。

美少女的黑发如瀑,缎子一样倾泻在她光洁的额上、脸上、颈上,闪烁着令人心动的光泽。青春的力量无比强大,是什么 LANCOME、CHANEL 等世界名牌也打理不出来的。青春就是美。本色就是力量。饱胀的生命力就是资本。

美少女明眸炯炯,随着沉思或微笑,一双美目忽而如中秋皓月,忽而似朔后月牙,顾盼之间,草木生辉。在她的眼中,花儿是娇甜的小妹,草儿是聪颖的小弟,大树是可依偎的母亲,高山是能傍靠的父亲,大海呢,是延绵不绝的高古远祖。大自然是美与和谐的一家人。

少顷,美少女放下手中的笔,将白云扯来,想做一幅全世界最美的拼图。她采来太阳的金光,丛林的绿叶,蓝色的海水,紫色的藤萝花,和粉色的婴儿的灿笑,像补天的女娲一样兴致勃勃地干起来。巧手快兮,只一忽儿,就拼成了一幅天清地明的朗朗乾坤图。这真是一个竭尽瑰丽想象的极乐世界,人、动物、植物、山川、河流、大地,全在里面,欢笑!

一阵花香吹来,美少女心有所动,柔声唤来采花的蜜蜂,请它们将香甜的蜜洒在图上。

一阵鸟鸣传来,美少女若有所思,轻声呼来飞翔的小鸟,借助它们的婉转歌喉,奏起欢乐大颂。

美少女又想起漫天飞雪的北国,"忽如一夜春风来,千树万树梨花开",不由得扯碎几朵白云,扬手洒下。

美少女又想到淫雨霏霏的江南,"青箬笠,绿蓑衣,斜风细雨不须归",不由得抛下几滴泪花,化作甘霖。

美少女又想出了一些高明的点子,不由得心中兴奋,忙将她平时特别宠爱的猫啊、狗啊、松鼠啊,塑造得和狮、虎、豹一样大;把她平时特别爱吃的苹果啊、桃子啊、红枣啊,让它们长得跟西瓜一样大;把她平时特别欢喜的牡丹啊、玫瑰啊、百合花啊,叫它们一起热热闹闹地盛开;把她平时特别憎恶的坏人啊、恶人啊、小人啊,弄成一副副蛇蝎的模样……

一幅精美的图画终于最后完成了,美少女笑逐颜开,神采飞扬,美滋滋欣赏着。

突然,一阵昏天黑地的大风刮来,霎时间飞沙走石、黑雾、酸雨、沙尘暴、龙卷风、牛头马面、妖魔鬼怪……尽皆袭来,把她的图画卷走了!美少女惊叫一声,拔脚去追,可哪里还追得上?

她嘤嘤而泣,内心大痛,后悔没有把乾坤之气撷来,灌注在图画中,使其像泰山一样稳稳地站立在大地上。

泰山是朴素的,语不惊人,貌不惊人,亦从无惊世骇俗的举动。

可是泰山历尽了万万年的沧桑，沉稳，厚重，有内涵，不迷惑，大言无声，从容不迫。泰山老人的智慧已经修炼到九百九十九重天，他是站在高高的云端往下俯瞰的，已经完全看清楚了——天地间，人世间，什么才是最重要的呢？什么才是事物的本质所在？

要不人都说："泰山是一座永远的丰碑。"

美少女不由得大声吟诵出来："岱宗夫如何？齐鲁青未了。造化钟神秀，阴阳割昏晓。荡胸生层云，决眦入归鸟。会当凌绝顶，一览众山小。"

这是她曾经背得滚瓜烂熟的一首小诗。小诗不小，常读常新。

美少女拍拍额头，笑了。觉得自己欣欣然有所得，重又信心百倍了。

2006年清明节

三清山神话

一

亿万年以前,三清山召开成立大会时,态度颇像后来的庄老先生,有点散散淡淡的,不十分上心——你看,这一麓,老子还在半道上读经,愚公才开始动手移山,嫁女儿的龙王还没有喝完喜酒,送子的观音也尚未仙临;那一道,金猴还在戏弄八戒,唐僧还在兀自逍遥,探海的神龟刚刚伸出脖子,献桃的企鹅也还在忙忙地赶来(作者注:"老子读经""愚公移山""龙王嫁女""送子观音""金猴戏八戒""逍遥唐僧""探海神龟""企鹅献桃"都是这里的景观名)……可是,大会主席司春女神就宣布开会了。这么神圣的、关系江山社稷的大事,她却一点儿也没板起千秋万代的面孔,只是"咯咯"笑着,就轻轻巧巧,将周遭一一布置妥帖了:

"你,玉虚峰,在左。给你一片最壮绿的松林,再配上赤、橙、黄、绿、青、蓝、紫七彩鲜花,让你一年到头,每天都有美女陪伴左右。

"你,玉华峰,在右。给你两座最壮阔的绝壁,挂上四时常换常新的《三清多娇图》,让你从春到冬,每天都有成就感。

"你，玉京峰，就待在中间吧。前有好汉站岗，后有纠察护卫，左面是青龙探海，右面有仙人指路，上边是昆鹏啸天，下边又有葛洪献丹（作者注："好汉坡""纠察府""青龙探海""仙人指路""昆鹏啸天""葛洪献丹"都是这里的景观名）。哎呀，在整个三清山，你还是站得最高、看得最远的大仙，天天过的是观日出、伴云海的神仙日子，行啦，你是最美的啦。"

说完，她也不征求众仙、众神、众人、众生灵的意见，就兀自宣布散会了。然后婀娜地一飞身，跳上一块巨石，面向下边的万丈虚无，捧起一株仙草，端坐下来，就一门心思地视而不见，想开了自己的心事。她是那么专注，微微颔首，略略颦眉，任万壑千度招手，凭松涛百般呼喊，也一动不动，只是打坐，冥想，以一副天然造化成的优雅剪影，留给世人无穷无尽的遐想——这位司春姑娘，是在筹划如何建设三清世界？是在思考天地人心的演绎？抑或，只是在思念她的如意郎君呢？

二

光阴荏苒，日月如梭。转眼就到了公元2世纪，这一天，是个气定神闲的日子，道宗葛洪先生来到了三清山。

他刚刚经历了一场惊心动魄的官场斗杀！若不是审时度势，辞官躲得快，恐怕不单是他自己和家人，就连九族也都诛杀了。心有余悸，心惊肉跳，心疲神迷，心死如灰之际，别无他处可走，他想起了堂祖父葛玄三清山修炼的事迹，就追随其后，避到了这里。一路上心情烦躁，突然间"掉"进了恬淡的清凉世界，顷刻他就被奇奇幻幻的松涛、发痴发癫的云海、刚猛热烈的瀑布和敢爱敢恨的仙花、神草、动物、虫子们吸引住了。阵阵清风吹过，心灵被洗涤一新，他也就什么都明白了：名利如浮云，官场是深涧，中心处即肮脏的阴谋渊薮，岂可把昂贵的生命浪费在那里？莫不如在这世外桃源，擢溪水，食朝露，做自由自在的闲云野鹤呢！

一驻足就是200年。后来，他想到自己应该离开了，必须离开了，还有那么多大业等着他去完成呢。可是，每当他收拾好自己的外形，想要上路的时候，内心里就恋恋不舍，就依依难离，就心雷激荡，就仿佛要筑成人生大错一样地发生头脑发蒙的现象。细细思量，他顿然悟到，除了这里绝佳的各种仙景之外，还有一条更重要的理由，绊住了他的腿：三清山的气象是与众不同的，好像总比别处多了些什么，又少了些什么——多的是梅妻鹤子的世外高雅，少的是凡夫俗子的市井鼻息？多的是涤心洗肺的朗朗清风，少的是利欲熏心的人间烟火？多的是知足常乐的人生颐养，少的是争强好胜的厮打斗拼？多的是江湖之远的千年清爽，少的是身在庙堂的戏剧装扮？呜呼，呜呼，三清山多的是大含细入的真学问、大智慧，少的是大话蒙人的假着子、伪手段……

又严严肃肃地思考了200年，他决定了：彻底留下，用此生余下的全部心力，在这里修建一个道场，为三清山的人文环境贡献一份力量，留下一个万古流芳的仙名。

说干就干。葛洪先生脱下长布衣衫，挽起袖子，重新变成了一个精力充沛的小伙子。吭呦！嘿呦！夯土，烧砖，筑炉，掘井，炼丹，修道。后来，率领着越来越多的投奔者追随者徒子徒孙们，大干了200年、又顽韧干了1000年，终于把三清山建成了道教名山胜地。

先先后后的1600多年，岁月的烽烟一直在向我招手。这一天，排除了万千杂事，整理出清爽的心情，我应葛老之邀，来到了三清山道场三清宫。亲耳听讲解，大开眼界：

三清宫借助地形与山势而建，完全师法道学的玄奥哲理。背靠九龙山，面对紫微北斗，其"就实向虚"的格局，体用的是"常有观其皎，常无观其妙"的道学经义。又依照"左青龙，右白虎，前朱雀，后玄武"的布局，左依青龙山应青龙之象，右靠虎头岩应白虎之象，前捧紫烟石应朱雀之象，后坐万松林应玄武之象。更加奇妙的是，三清宫还是建在一块形状似龟的巨大山石之上，常年不竭的玄武泉水，正好从"灵龟石"下经过，浘浘流入宫门前面云桥的水池中，从一个石兽嘴里吐出，其设计之高贵典雅而又自然天成，令人叹为观止。此外，三清宫所有的殿、门、石、塔、池、台、柱、井，以及山门、华表、石雕、石像、石刻等等均有象征，对应着八卦中的乾、坤、兑、离、震、坎……

真把我看得目眩神迷，似懂非懂之间，无与伦比地觉得带劲极了。肃然起敬，我情不自禁地朝葛老拱手，由衷说了三句话：

"三清宫真是一座天然的道教文化博物馆啊！"

"不来不知道，越看越奇妙，超现实的深奥和文化，后悔来晚了！"

"感谢大仙邀请，我此生足矣，不虚此行！"

葛老先生双手合十，表情平静如水，从容答道："知白守黑，为天下式。"

三

　　沧海桑田。公元 2008 年春夏之际，三清山隆重召开"申请世界自然遗产"国际研讨会。

此时，众仙、众神、众人、众生灵的态度都已经完全改变了，从散淡无为到踊跃积极乃至个个奋勇争先。连司春女神也严肃无比，再也不敢掉以轻心了——毕竟是进入了全球化的人类新阶段，也毕竟有了商品经济大潮快速发展的压力，更有了环境保护的责任和任重道远。司春女神还是那么年轻美貌，还是担任大会主席，名字却改为"东方女神"了，大概是更加扩大内涵与外延的需要。这一回，她发挥出最高智慧，动用了全身解数，把大会开得极为隆重。除了外请的国际知名专家，还让三清山自己的山峰、雾霭、苍松、翠柏、花、鸟、鱼、虫、动植物，全都庄严地出席了。

这次国际研讨会的一个重要议题是：整个三清山景区，什么最美？

玉京峰位于三清山之尊，德高望重，首先发言："这还用说吗，三清山，三清山，一山为主，当然山峰是最美的啦。你们看，整个景区内千峰烈烈，哪个没有泰山的巍峨雄伟、黄山的朗俊壮秀、恒山的坚毅刚强、巫山的飘逸迷离？一言以蔽之，天下名山有的，我们这里都有；天下名山没有的，我们也有。"

它的话音还没落地，云和雾就一起叫起来："不对呀，我们才是最美的呀。大到三清山的每座山峰，哪一座不是我们飘逸的舞台；小到三清山的每颗沙粒，哪一颗不是我们怀里的宝贝？有时太阳娘娘出来的时候，我们还和她一起表演，让神圣的佛光照彻天地人心。所以，散文大师秦牧先生才留下了一句话，说三清山是'云雾的家乡'。"

松树和石头也一起喊起来："不对啊，不对啊，秦牧大师还有下半句话呢，还说三清山是'松石的画廊'呢。三清山的松树是举世无双的美松，有大鹏展翅，有凤凰双飞，有姐妹争秀，有母女相依，有天女散花……三清山的石更是纳世间之珍藏，有天上的星星、陨石，有海里的珍珠、珊瑚，有土里的翡翠、玛瑙，有地上的花岗岩、大理石。

还有艺术园地里的雕塑和篆刻，更有文学世界中的想象和理想。"

"嗨，嗨，嗨，都别自吹自擂了！"一向就不谦虚谨慎的动物们焦躁地开口了："别忘了，我们是三清山的大家族呀，光是到目前的调查统计为止，我们就有1728种，其中的黑麂、云豹、白颈长尾雉等珍稀濒危动物，就有54种之多。"

"那我们这个家族更大呢。"连从来低调行事、谦卑忍让的植物们，也忍不住了，七嘴八舌地说："仅仅在景区里，仅仅是高等植物，就有2373种，其中珍珠黄杨、银杏、南方红豆杉、华东黄杉、白豆杉等特有珍稀植物，68种，数目不比谁都多呀！"

"我们我们我们我们我们我们……"

"嗡嗡嗡嗡嗡嗡嗡嗡嗡嗡嗡……"

…………

吵成一团。互不相让。

谁也不再顾及大会主席司春（东方）女神的面子了。尽管她已经变换了20多种脸色，不满、恼怒、板脸、作色、生气、愤怒、警告、严重警告、威胁……最后，一向温文尔雅的她终于忍不住了，拿起木槌，"咣！咣！咣！"地敲起来。

然而今天，敲山镇虎，一点用也没有。大家一个个就像争着要摘诺贝尔奖桂冠，谁也不给面子，都不做谦谦君子了——这不仅仅是冲着那100万美元的奖金去的，更是为名誉而战呀：古往今来，"人争一口气，佛争一炷香"，来到世上走一遭，可以不要香车宝马、不要锦衣玉食、不要金钱美女，不要马弁、随从、跟包、佣人、仆人一大帮；也可以不要官位、相位、牌位、地位、灵位，可是不能连名声也不要哇！俗话说"人过留名，雁过留声"，你不让我当官，我就写诗作赋搞科研做生意，而且咱们比比谁笑到最后，比比谁的名气大名声远成就辉煌赚钱多？你能不推崇李杜白，你敢不尊敬韩柳苏，就连袁隆平钟南山你也不能抹杀。

司春（东方）女神虽然年轻貌美，可是智商不低，深谙其中之水深浪高，一个字——"忍"了。

四

外来的和尚好念经，还是请外人来评说吧。

而且，直接超越国界，洋和尚更好念经。国际大权威，已经在三清山考察多日了，材料都悉数看过。他们也都见多识广，具有国际视野，掌握着全球各个大洲、各个国家的情况，有比较才有鉴别。

美国国家公园基金会主席保罗先生应邀发言："三清山是世界上为数极少的精品之一，是全人类的瑰宝。"

美国圣路易斯大学教授、国际地质学专家逖姆·库斯克威接着发言："三清山是西太平洋边缘最美丽的花岗岩。"

两槌定音：人家没有血缘的嫌疑，没必要不公正。

大处落墨：人家把三清山乃至全中国看作一个整体，才不鸡零狗碎，小里小气呢。

司春（东方）女神从心底里笑了，马上变得神采飞扬，精神焕发，生动饱满。她用最悦耳的声音，甜蜜和美地说："三清山诸位公民，让我们大家都向洋和尚学习，集中精力做事，不要再内耗了。"

大境界才有大成功。终于，期待已久的辉煌胜利来了——2008年7月8日，三清山申报世界自然遗产地，获得成功！

皆大狂喜！

方圆三清山756.6平方公里大地上，不分种、属、科、目、群，不分云、雾、峰、石、松，不分 1728 种动物还是 2373 种植物，不分高等低等男女老少美丑媸妍，一起喊起了震彻云霄和连绵千山万壑的欢呼声：

"万岁！"

"万万岁！"

2008 年 8 月 8 日初稿，8 月 10 日改毕

【满江红】

三碗清水

这次走汤阴,学会了一个新词——"享堂"。

其实对很多知识渊博的人来说,"享堂"根本就不是什么新词,而是一个早有了上千年词龄的老词。以我在现场的感性理解:"享堂"是一片墓地中,走进大门,面对的那间殿堂,里面设立着先人的牌位,供后人拜祭、缅怀、冥想。刚开始听到这个词的发音,我想当然地以为是"想堂",但王清波先生认真地告诉我,不,不是后人对前人的想念,而是先人享受后代子孙的永恒的怀念。

对,孝敬前人,尊敬前人留给我们的生命及其他,让他们的灵魂在天国安息,这是中华民族世世代代的传统美德。后来回家查找资料,我确切地了解到,"享堂"是对墓地上建筑的通称,包括祖坟和祠堂。

汤水汤汤,我心芳香。汤水汤汤,我心向往。

王清波先生说一口经典的河南话,是汤阴县的岳飞研究专家,编著有《解读岳飞故乡》等著作。此刻,我们正站在汤阴一望无际的黄土地上。

这是中原大省河南省最壮观的初夏时节,同样一望无际的麦地伸展到天边,麦穗初见姜黄,漂亮得一如河南壮观的黄土地,它们正在集体发力,利用初夏的热风装满自己饱胀的渴望,迎来最后的丰收。在这无垠的麦地中间,空出了一个偌大的院落,就是现场的所在——河南省汤阴县周流村中的岳飞先茔墓园,世世代代,"老岳爷"的香火一直在这里燃点,递传。

"老岳爷"即英名流芳千古的岳飞大将军。在汤阴家乡人的嘴里,爷传儿、儿传子、子传孙,祖祖辈辈传到今天,就一律被老百姓称为"老岳爷"了。"老岳爷"早已成为护佑地方的神祇,在这片诞生英雄的土地上,没有佛教的大雄宝殿,没有哥特式的天主教堂,没有道观和清真寺,也没有其他一切拜祭神,只有岳飞庙。这里老百姓的宗教神,他们拜的、信的、求的、亲近的、依仗的,只有"老岳爷"……

说话间,我们迈进了"老岳爷"先茔墓园,走入第一间享堂中。

大殿正面,是"老岳爷"一尊高大粗壮的彩绘雕像,完全民间手法:虎背熊腰,方头阔脸,粉面朱唇,浓眉大眼,威风凛凛,浩然正气。一看就是出自最优秀的民间艺术家之手,手传心声,塑造的是家乡百姓心目中原汁原味的"老岳爷"形象。不过此刻他手上拿的不是刀剑,而是一支刀剑一样粗大的毛笔,拧着卧蚕眉,目视前方,一脸悲愤之色,似乎是想倾诉满腹的辛酸!唉呀,定格在汤阴老百姓心中的"老岳爷"形象,怎么会是这样的呢?

每年在这里,有两个日子是神圣的,比过年还过年。一是农历二月十五,二是大年三十,汤阴百姓蒸馍的蒸馍,制衣的制衣,携妻挈子去岳庙上香。是两日,庙中人山人海,万头攒动,成为汤阴最盛大的节日。久而久之,人们,尤其是妇孺,已经不知道这是"老岳爷"的生日和忌日,只知道此乃老辈人留下的传统和规矩,但凡到了这两天，就要去岳飞庙举行盛大的祭祀活动。

似水流年……

岁月流金……

在漫漫溲溲的日子之志书上，就留下了一连串有声有色的记忆：比如在上世纪 30 年代的抗日战争中，日本鬼子的两枚炸弹扔到岳飞庙的后山墙下，愣是不能炸响。又比如上世纪 60 年代汤阴地面上发大水，老百姓纷纷跑到岳飞庙去避灾，结果大水绕庙而过，就是不忍淹进来。还有人们记忆犹新的一场战争，死了不少士兵，而"老岳爷"护佑下的汤阴兵，一个个玩命冲锋、杀敌，屡立奇功，却没有一个"光荣"的……

传说是人们心中的念想，信则有，不信也有！

汤水汤汤，我心铿锵。汤水汤汤，我心雄壮。

我感觉，虽然中华民族的浩荡历史上有着星海河汉那般多的贤人、名人、英雄、好汉等等人物，但在中国老百姓心目中，岳飞是千古第一人；在中国老百姓的口碑上，岳飞是千古第一人；在中国老百姓的知名度，岳飞是千古第一人。

一代代华夏子孙，无论男女，谁不是从幼年起，就开始聆听岳飞大将军的故事呢——"岳母刺字""枪挑小梁王""大战金兀术"直至"风波亭"……各种民间艺术手段，比如评书、小人书（连环画）、剪纸、皮影、绘画、雕塑、各种地方戏，用来歌颂岳飞大将军的也是最多。我现在还清楚地记得小时候看的小人书，上面有岳飞骑着战马，双手舞动大枪，枪挑小梁王的雄姿；也记得看到最后，是岳飞和站在他身后的岳云，俱双手被绑，一脸悲愤，在风波亭英勇就义前的最后形象。及至后来稍长，第一次读到岳飞的《满江红》：

怒发冲冠，凭栏处潇潇雨歇。
抬望眼，仰天长啸，壮怀激烈。
三十功名尘与土，
八千里路云和月。
莫等闲白了少年头，空悲切。

靖康耻，犹未雪；
臣子恨，何时灭！
驾长车踏破贺兰山缺。
壮志饥餐胡虏肉，
笑谈渴饮匈奴血。
待从头收拾旧山河，朝天阙。

当时读罢这首词，我整个僵在那里，感觉体内的血液一点一点被点燃、升温，直至沸腾！岳飞大将军的那种磅礴大气，那种正义凛然，那种对国家和民族至深至炽的爱、对敌寇切齿切心的恨，那种视死如归的尽忠报国之情，化作熊熊烈火，从此就开始在我身体里持续燃烧！最瑰丽的感觉，仿佛自己也抛却了女儿身，回到千年之前的古战场，跟着大将军"壮志饥餐胡虏肉，笑谈渴饮匈奴血。"——这就叫作"民族的魂魄""民族的热血""民族的英雄之气"吧？这样活着，才不枉一生啊！

我相信这不是我一个人的感受。

我恭恭敬敬地走上前去，立正站好，向岳飞大将军行注目礼。

我身旁，是中国人民解放军少将李存葆。早上出门时，我看见他穿上了军装，扛着将军徽章，全身上下庄严肃穆，连一个皱褶都没有。他慨然说："今天是去拜见岳飞，我得着正装，以示我的敬仰。"

我们朝岳飞雕像深深鞠躬。

就在此时，我再次看到走遍汤阴皆如是的一个景象——在岳飞大将军的雕像前，一字排开，只供着三碗清水。

我终于忍不住问讲解员这是什么意思？

那年轻女孩子回答："表明汤阴人民对老岳爷的一种怀念。"

我又问："那为什么是水而不是酒呢？"

她答："的确是水，不是酒。这三碗清水每天都换，这个院子每天都清扫，都是老百姓自发做的。"

所答非所问，显然不能令我满意。

但是我不怪她们，她们还是太年轻了。

显然的，要寻找这个问题的答案，只能靠个人的悟性，自己去悟。

汤水汤汤，我心郁郁。汤水汤汤，我心悲伤。

我端详着第一碗清水，心想是了，这是歌颂岳飞大将军的丰功伟绩。八千里征云战月，他一次次从血雨腥风中将胜利高高举起，拯救百姓于水火，托举国家于危难，令敌手闻风而胆寒，亦是敌人永远攻不破的钢铁长城。这一张功勋累累的战功表，如清水一样澄明、清明、透明，不掺有任何杂质。

我又端详着第二碗水，心下明白，这是为了彰显岳飞大将军的尽忠报国之心。三十年征战一步一个脚印，直至成为支撑南宋江山的擎天柱。朝廷的嘉奖可以不算，视功名为尘与土；百姓的歌颂也可以不计，只算是鞭策前进的不竭的动力；为保家卫国，他把儿子、孙子乃至全家都送上了前线，一片耿耿丹心，天日昭昭。而他自己得到的是什么呢？除了敌人的惧怕，就是百姓的这一碗清水了！

至于第三碗水，当我的目光落在它上面，眼眶突然潮热了，心中大恸，塞满悲伤和愤懑。我认定：这一碗清水，是为岳飞大将军洗冤而备下的!

　　谁都知道岳飞是被秦桧恶党害死的,因为找不到任何借口,奸佞们竟然生造出一个"莫须有"的罪名,使岳飞、岳云等抗金英雄没有笑卧沙场,却惨死在宵小们的鬼头刀下。这千古奇冤,虽然后来平反昭雪了,虽然后来令秦桧恶党永远地跪在岳飞大将军的面前,任天下人唾骂;可是英雄已去,白云悠悠,山河破败,回天无术。秦桧恶党所铸成的奇耻大辱,是永远插在中华民族胸膛上的一把刀,伤口永远在滴血,创痛永难平复!

　　更为重要的是,秦桧虽死,然恶人、坏人、小人们却始终连绵不绝。历朝历代,直至今天,无不是清浊相交,浊者搅浑水;忠奸相搏,小人得其势。恶人、坏人、小人们没别的本事,却专会溜须拍马,巧言令色,把天下便宜占尽,还要像秦桧一样陷害忠良,一个个直把日子过得志得意满,弹冠相庆;而良善人、忠厚人、好人呢,因为不屑于滚到泥里同流合污,即被边缘、被冷落、被挤出主流,甚至被诬陷被迫害而毫无还手之力,只能眼睁睁看着宵小们糟蹋大好河山而悲愤寡欢,空叹报国无门!

　　唉,这历史的必然悲剧呀,在舞台上、在戏曲中、在小说里,文人们都给其安排了一个除恶安良的大光明结局,可是在现实中,善良而无奈的老百姓们,只能给尔准备一碗清水!

　　汤水汤汤,我心切切。汤水汤汤,我心激荡!
　　我扑向三碗清水。
　　清水亮亮堂堂,倒影中,又映出岳飞大将军手握巨椽,拧着卧蚕眉,一脸的悲愤表情。我肃然一顿,悟出了他写的是什么——
　　他在写:"知音少,弦断有谁听?"
　　他在写:"还我河山!"

他在写:"尽忠报国。"

他在写:"天日昭昭,天日昭昭。"

这最后的八个字,是岳飞大将军临终在狱案上写的,是他的绝笔。我坚信,就像他心中还有未竟的英雄事业,他心中也一定还有未竟的切齿誓言。那千般悲愤,万端慨叹,想来,应该凝结成四个字——"灭除宵小!"

是的,在历朝历代数不清的统治者之中,其绝大多数都是忤逆民意、宠幸恶人坏人小人的昏君。因为谗言顺耳,因为马屁喷香,因为宵小能使其舒舒服服地堕落。可是呢,春花秋月,小楼东风,最后一个个都落得流水落花春去也的可悲下场。

这样,对我们一生的做人来说,面前就摆出了两种选择:一边是锦衣玉食,香车美女,高官大宅,拍马者前呼后拥——不过这是要付出代价的,比如出卖,既出卖别人,也出卖自己的人格和心理屈辱;比如作恶,既然你有了人生的第一次贪,就会有一生的偷、盗、掠、抢;比如陷害,即使毫无干系,也必然要以清洁为敌,向忠良下手,做历史的逆子,因为青松的存在就是对腐草的蔑视和威逼呀!

另一边是一碗清水,两碗清水,三碗清水。这也是要付出代价的——尽管你饱读诗书,一身本事,并像岳飞大将军一样尽忠报国,赤胆忠心。可是,你既然选择了不坠青云之志,也就必然要像岳飞大将军一样,劳心劳力,呕心沥血,明知其不可为而勉力为之,最后在宵小奸佞们的群殴之下,悲愤填膺,栏杆拍遍,慨然出世!

汤水汤汤,我心芳香。汤水汤汤,我心向往。

汤水汤汤,我心铿锵。汤水汤汤,我心雄壮。

汤水汤汤,我心郁郁。汤水汤汤,我心悲伤。

汤水汤汤,我心切切。汤水汤汤,我心激荡!

从岳茔享堂出来，从汤阴回到京城，从一千年前唱到今天，这支绵长的曲子，一直在我心中盘旋，不去——

2008年6月23日初稿，6月25日定稿

（原载《人民文学》2008年第8期，上榜"2008中国散文排行榜"，山东省2012级适应性三模语文试题。）

我心中的豪放与婉约

我开蒙也晚，从小学六年级到高三的语文课都没上过，所以接触到"豪放派"和"婉约派"这俩词，已是在南开中文系上古代文学课。说实在的，这俩词我都喜欢，它们内里所蕴涵的巨大与无限，千百年来都难以言说。

我总的感觉，似乎唐诗更多豪放，宋词更偏婉约。但马上又觉得自己的认识不对，比如即使同一个诗人，也是既有豪放又很婉约，你说怎么办？

比如李清照。

有一回一群老老少少文友们都在场，一位书法家为大家写字。轮到我了，问要什么？我不假思索，脱口而出：

"生当做人杰，死亦为鬼雄……"

众人皆惊讶，乱纷纷叫道："韩小蕙你怎么搞的，干吗专要这一首，换换吧！"

我明白，他们的潜台词是这首太男性化了，不适合你们女人呀。一位大姐也赶忙出来给我打圆场："依我看还是换'昨夜雨疏风骤'吧，回头用淡青色绫子裱上，挂在你那客厅里，好看得很。"

我不换。虽然我也心醉"帘卷西风，人比黄花瘦"，"才下眉头，却上心头"，"梧桐更兼细雨，到黄昏、点点滴滴"这些丽句——婉约的李清照可真是千古第一女词人，一支秀笔表达了半壁江山，把女人们的万种柔情都写尽了。我曾想，若世界上没有了李清照，就等于大地上没有了源头活水，女人们可都是水做的呀。然而尽管如此，我也还是经常喜欢念一念"至今思项羽，不肯过江东"。还有"九万里风鹏正举。风休住，蓬舟吹取三山去"。还有"落日熔金，暮云合璧"……你听听，豪放的李清照，又是多么胸襟开阔，大气磅礴，真正称得上是如椽巨笔，笔底走风雷。我也曾想，若历史没有了李清照，就等于天空底下没有了山脉，而女人也是需要高度的啊！

如此，就心心念念，看见清照词，就眼睛一亮、就亲切、就兴奋、就激昂、就像见到老朋友，就有了一种莫名的归属感，就赶快去背下来。

其他女性诗人呢？在我的文学史里，似乎没有了。

蔡文姬？不，虽然她的《胡笳十八拍》也是传世之作，但可惜年代太久远了，面孔已经有点儿模糊不清。

王昭君？不，尽管众多老戏新剧都把她塑造成一位有胆有识的女中豪杰，还有文化，还有文才，还有胆识，还有骨气，还美丽动人气质可人，可是她终归不是知识女性，终归登不上大雅之堂。

林黛玉？不，一部《红楼梦》写得再好再传神，我也总是喜欢不来林黛玉，她太爱使小性子了，太敏感、太尖刻、太爱伤人、太极端化、太顾影自怜、太愤世嫉俗。跟人过不去其实就是跟她自己过不去，结果必然是早早亡殁。

其他呢，够档次的就更没有了，不是女皇、娘娘、嫔妃，就是梨园优伶或者青楼名妓。光一个个美人胚子，内心里苍白肤浅无一点儿波澜，早让知识女性们挥挥手全给"帕斯"（淘汰出局）了。

那么就选男性吧，第一人当首推屈原大夫。

中国老百姓没有不知道屈原的，这是年年端午节吃粽子时的永远的话题。我呢，居然是端午节丑时降生的，从小就把屈大夫熟稔得如同家里人。上大学，读古典文学课时，我又居然天天早上6点钟即起得床来，跑到走廊里去背《离骚》。后来放寒假回北京，到北大去看朋友，说起来就是后来以写相声和电视剧出大名的梁左（可惜他已经去世19年了，怀念他！），互相交流授课情况。梁左眯着小眼睛坏笑，不大相信我能把《离骚》背下来，我脱口而出：

帝高阳之苗裔兮，朕皇考曰伯庸。摄提贞于孟陬兮，惟庚寅吾以降。皇览揆余初度兮，肇锡余以嘉名：名余曰正则兮，字余曰灵均。

当然，上大学时我已经24岁，没有童子功的记忆优势了，所以到今天，《山鬼》还能记个八九，《离骚》也就能记得开头这一段和"路漫漫其修远兮，吾将上下而求索"等一些名句。但是对屈原，我却一直敬佩有加，不但作为文学家来学习，也作为人生楷模来模仿。在家里挂一幅屈原的字，当然也是好的，但不如挂上一幅屈原像。

然而坦率说，到现在我也还没有找到一幅能够深深打动我的屈原像。美术馆的画展倒是看过不少，个人作品集也读过多本，却总觉得他们都把屈原画得太现代，三闾大夫就像那一出又一出现代人写的话剧一样，一点儿也不像战国时代的贵族大夫，而仿佛李玉和一类的高大全式英雄人物，既不豪放也不婉约，让人打心眼儿里不认同。

这么多年看过来看过去，找过来找过去，还就是《楚辞集注》上那幅《屈子行吟图》比较好：清癯瘦削的屈原上身微微前倾，急匆匆走在一条前途渺不可知的小路上，脸上的表情是苦涩的、苍老的、忧郁的，一看就能想象出他的人生苦难和无路可走的悲凉心情。这远比那些大义凛然的光辉形象更能打动内心，因为，这又使我联想到十字架上的受难耶稣，同时想起了我们自己的人生困境：古往今来，中西并通，人类有着共同的生存苦难，按佛家的话说是"每个人一生当中都有一百零八劫（难）"。虽然不一定是精确的一百零八，但想想有时我们被命运刁难得走投无路的情形，那种叫天天不应、叫地地不灵的凄苦，真正如同法国画家泰奥多尔·席里柯的名画《梅杜萨之筏》所展现的，谁也逃不出茫茫苦海，必须强自挣扎，忍受命运的熬煎——我的意思是，这是永恒的文学主题，用今天的时髦话语，叫作终极人文关怀，不论是文学、绘画，还是其他艺术形式，只有深刻地表现了这个主题，其作品才能有动人心魄的震撼力。

我眼前又浮现出另一位伟大的文学家——苏东坡。

近年来，随着年龄和阅历的一天天增加，我对苏东坡的钦佩与日俱增，这大概源于对他的认识一分分地有了提高。少年时，喜欢慷慨激昂地高歌"大江东去，浪淘尽、千古风流人物"，也喜欢有模有样地低吟"但愿人长久，千里共婵娟"……可分明的，一点儿也不理解这些千古名句的骨血之中，隐含着重重的沉郁顿挫之气。那时的我还太年轻，更多的只是把苏轼作为一个大文学家，做着单纯的诗词文赋层面的崇拜。现在呢，再用不着"为赋新诗强说愁"了，我已然明白了风声雨声里的苍茫，浪花淘尽英雄呀。

苏东坡的一生比屈原更令人心碎,他活得更曲折、更坎坷、更艰辛、更沉郁、更委屈、更悲愤、更无路可走、更无家可归,亦更高处不胜寒。我到的地方不是很多,但曾在徐州、杭州、山东蓬莱阁、广东惠州、天之涯海之角的海南岛……一再地看到东坡居士的遗迹、遗存、纪念馆等等。刚开始还没什么太尖锐的感觉,只是一般性地瞻仰,感叹着他漂亮的法书,吟诵两首他的词作,可后来却渐渐地觉得不对头了:怎么苏公的足迹,竟到了这么多、这么远的地方?

直至走上了惠州和海南的土地,听到了关于瘴气的可怕传说,才全然明白了这是因为苏公被一贬再贬之故,心里慢慢地灌满了铅,为这位天才的大文豪悲恸不已。苏轼虽然最终活了 66 岁,在古人来说不算寡寿了,但没有谁是这样令人心惊地被一群宵小追杀诋毁,死死咬住不松口,虽然根本无罪却遭一贬再贬,一直贬到疆域尽头的再无可贬之域!

世人都道苏东坡放达,然而再豁然之人,也是血肉之躯,心都是肉做的一颗,以东坡之旷世奇才,岂不比常人有着更多悲思更多忿詈?就说他上面的两首名词,今人读起来,一激昂豪迈,一缠绵悱恻,其原意却已被大多数人忘却:写"大江东去"时,东坡正因为"乌台诗案"被捕入狱、被严刑残害、差点儿被杀头、终被贬谪黄州之际,他所抒发的,不是想要建功立业的宏图大志,而是抱负不得实现的悲酸;写"明月几时有"时,东坡离京游宦已有好几年,迢迢行路上,更尝到丧妻别子之痛,形单影只,茕茕孑立,"千里共婵娟"根本不是浪漫主义的歌吟,而是一种渺不可得的期盼。

尽管如此,苏东坡毕竟是苏东坡,他比柳永、温庭筠、王维、李贺、李商隐甚至李白等纯粹的文人才子型作家更让人钦敬的,是他那一生一世的济世胸怀——相传他南贬惠州后,有一次拍着自己的肚子问周围人,里面装的是什么?有人说是文章,他摇头不语;有人说是诗书,他沉默不答;直到一直追随他不离左右的红颜知己朝云说出是"满肚子不合时宜"时,东坡才抚掌拍腿,呵呵大笑不已——这就是苏公的境界:他无论是显在高庙之堂,还是退居湖泊草泽,心中所念的,都不是一己的功名、文名、进阶、退隐和显达,而是社稷江山与经国大业,套用今天的话说,他的写作动机在朗朗乾坤,而不在官场、商场、名利场,不在家庙和功名簿。这样的苏东坡,这样的写作,无论豪放还是婉约,都是顶尖的佳作。

我还心醉辛弃疾的作品。会背他的很多首,最喜欢的名句是"把吴钩看了,栏杆拍遍,无人会、登临意",还有"醉里挑灯看剑,梦回吹角连营。八百里分麾下炙,五十弦翻塞外声,沙场秋点兵",还有"千古江山,英雄无觅,孙仲谋处",还有"千古兴亡多少事,悠悠,不尽长江滚滚流!"可惜他生不逢时,在偏安一隅的南宋小朝廷里,由于屡屡请战抗金,在42岁上就被免官不用,只能闲居乡下,暗自"揾英雄泪"。所以,他也写了一批描写农村生活的婉约小词,如"携竹杖,更芒鞋。朱朱粉粉野蒿开。谁家寒食归宁女,笑语柔桑陌上来"。但这些,我都不怎么喜欢,我觉得那不是他的生命底色。

当然,辛弃疾还是英雄辛弃疾,他写个人生命的许多词作里,也是将豪放揳入婉约中,比如最典型的是《清平乐·独宿博山王氏庵》:"绕床饥鼠,蝙蝠翻灯舞。屋上松风吹急雨,破纸窗间自语。//平生塞北江南,归来华发苍颜。布被秋宵梦觉,眼前万里江山。"这就是辛弃疾,即使个人生活已困顿到如此地步,也还心心念念着万里江山,试问这种境界,不正是中国传统文化"先天下"的薪火相传吗?

如此,也许你们已经看出来了,我似乎更偏爱豪放派?好像是的,天生性格使然,就像我在南北各地方戏曲中,更喜欢陕西的秦腔、老腔，喜欢河南豫剧，喜欢山西梆子，它们直率、高亢、强烈、以生命相许，而且一点都不奶油、不娘娘腔、不遮遮掩掩，不小家子气……虽然笔者是女性，可是最腻歪娘娘腔的男人。

　　这当然并不是说我是"婉约派"的否定者，相反，我也沉迷在众多婉约词的丽句中，比如"问君能有几多愁？恰似一江春水向东流。"（李煜）"多情自古伤离别，更哪堪、冷落清秋节！"（柳永）"两情若是久长时，又岂在朝朝暮暮！"（秦观）"莫道不消魂，帘卷西风，人比黄花瘦！"（李清照）……太多了，简直如浩浩江海之水，举不胜举；又如春风摆柳，美不胜收！

　　不过还有一个重要问题，必须在这里说明白，即"婉约派"和"花间派""香艳词"等可完全不是一回事。"花间派"是以婉约的表达手法写女性的美貌、服饰以及她们的离愁别恨，由于注重锤炼文字、音韵，形成了婉约迷离的意境，对后世文人词的发展有一定的影响，但其题材狭窄，情致不高，在文学史上评价也不高。"花间派"的鼻祖是唐代诗人温庭筠，比如他的代表作《菩萨蛮·小山重叠金明灭》，整词写一个歌伎晨起化妆的过程，词句华美、精致、婉转，可是内容上有什么意思呢？以至于后世有一些热爱温词者，将其附会上"弃妇逐臣"的社会内容加以解读——我还十分清楚地记得上世纪70年代末，在南开听叶嘉莹先生讲到此词的情景。及至看到电视剧《甄嬛传》拿它做了每集之间的插曲，不禁哑然。至于"香艳词"一类，从字面上就可看出其指向，格调低俗者多，更不值得提及。

　　噫！中国九百六十万平方公里之形胜地，"飞流直下三千尺"，"遍地英雄下夕烟"，既有高山大川、大漠原野，也有江南秀色、小桥流水；既有大麦、水稻、玉米，也有大豆、小米、高粱；既有孔、孟、老、庄、墨，还有司马迁、荆轲、岳飞、杨家将、文天祥……我始明白了莽莽苍苍的华夏大地上，为什么会拥有这么多座高山，你看，有的国家就没有，尽是一马平川的大平原，这不是想有就能有的啊！

读书，写作，吟唐诗，咏宋词，这是我们中华民族独有的文化方式，多么幸福的生活影像呐——守着窗儿，独自得黑，既听不见梧桐细雨点点滴滴，也看不见绿肥红瘦是否依旧，只一心扎在我的书堆里，一位一位细品大师们……

2020年2月15日初稿，2月16日定稿

还有什么叫我热泪盈眶

在地图上查山东莒南县一点也不难,拿着我那本巴掌大的《袖珍中国地图册》,两眼就找到她了:莒南在山东省的东南部,日照和临沂之间,直线再往下一点点就是江苏了。

可是要把"莒"字的发音念正确,非查字典不可,因为跟着山东人的卷舌音绝对不可靠,你跟着他念,他行你不行,你就要露怯。幸亏,当初接到来自莒南的邀请时,我隐隐约约地感觉到它不念"吕",所以就赶快查了字典。哈哈,它还真不姓"吕",而是"ju"(音"举"),真悬!

向我发出邀请的是山东省作协副主席、著名小说家赵德发。此前我们虽然是朋友,但我只知道他是日照市作协主席,就想当然地以为他是日照人。全没想到在电话那头,他反复说自己是莒南人,你怎么着也得到我老家的天马岛旅游区来一趟,就是忙伤了也得轻伤不下火线,就是有违"父母在,不远游"也得做一次逆子。我还能说什么呢,只好两肋插着刀,来了。

来了，天晴风清，水秀山媚，大早起来就跟着主人去游览。

乘了快艇，游了大湖；

坐了缆车，登了高峰；

遇了疾雨，洗了筋骨；

晒了太阳，开了襟怀；

拍了照片，摄了倩影；

发了感叹，唱了赞美；

高了一兴，振了一奋；

交了朋友，养了心怀……

总之，预定的仪式全履行完了，连午饭也中规中矩地拿起煎饼吃了。可是，心下总觉得不满足，好像还有什么事在等着自己——就像当年，上世纪的1978年，我都已在工厂做了8年的工，依然觉得还会有什么事情发生。可不是，两个月后，全国就恢复了高考制度，我呢，范进中举，从此告别了工人阶级队伍。

下午的议程是参观人文景点。这比游山玩水更合吾意，况且，看的是号称"华夏第一庄园"的莒南大店庄氏庄园，也即红色山东省政府和八路军115师司令部旧址。

好大的一片庄园！一进一进的院落，皆是青砖铺地，灰瓦森然的歇山顶平房。正房建得像大殿，红漆立柱托举着大屋顶，屋脊上的小兽虔畏朝天，远远望去，几根洗炼的屋际线横平竖直，不怒自威。人都说山东人襟怀宽阔，信然，你看这房间和院落的布局，先就服气了——山西的那些大院，财主们有的是钱，可是把一个个院子都弄得柳叶似的狭窄，两边的厢房恨不得像蚕做茧一样包裹到一起，不知是为了省钱还是便于窥视和监督？而同样是院落，你看看人家山东这布局，所有的房子和房子之间都留着足够的空间，即使是偏房和耳房，也都隔着八丈远，给予你干正经事业、正大光明的自由，不给你窥探别人隐私或者鼠窃狗偷的机会。

就是这样的一个大院，从明朝万历年间到清末，走出了庄氏家族的 7 名进士、20 名举人、8 名留洋生、300 多名为官者，并从此繁衍出众多的庄氏小庄园，以至时有"七十二堂号"之称。庄氏的土地横跨苏、鲁、豫、皖，是真正的大地主，可也是"洋务运动"的参与者、"五四运动"的支持者，是中国民族工商业的拓荒者和山东民族工商业的奠基者。至上世纪 30 年代的抗日战争中，爱国的庄氏家族将大店庄园的全部房子捐献出来，作为山东省政府和八路军 115 师司令部办公机关，时称"小延安"。今天，整座大院已全面修复，成为挂着"全国重点文物保护单位"牌匾的红色纪念馆。

我们在纪念馆中默默穿行。人中激情谁最多？军旅作家杨闻宇。因为曾做过肖华秘书的他，居然在这里看到了老首长当年住在此处的办公用品和生活实物，睹物思人，自然心潮澎湃。而我的心思、我的期盼、我的等待——那击中了我的电闪雷鸣，轰轰隆隆也来了！

在后面的院子里，我们走近一间展厅，老远就看见门口挂着"沂蒙红嫂展览"字样。我心下一松，脑子里闪过一个念头：这都是熟知了的事情，这个馆可以不进去了吧？不过，幸亏身边谁拉了我一把，不然，我就会错过一个终身的生命契约了！

进入展厅，仅仅走了四五步，我就呆住了——面前出现了一幅巨大的油画：枪林弹雨！血雨腥风！一队解放军战士正冒着敌人的炮弹，奋力冲过浪涛翻滚的桥面，他们的额头、肩臂、身上，缠着洇血的绷带，手中的红旗已经被打成一条条的了。而他们的脚下，那浪涛中的桥，竟然是由两队站在枪林弹雨和滚滚波涛中的妇女们，拼死用肩膀扛着的人桥！讲解员说这是真事——这些被称作"沂蒙红嫂"的山东妇女们啊，当年，就是这么威武雄壮地上演了这样不可思议的战争活剧！

我的心一下子就沉了下来，再不敢轻慢。我屏住呼吸，注目，行礼,祭起了一个后来人、一个感同身受的女性胸中所有的庄严和崇敬。我把脚步放得轻轻,把眼睛睁得大大,把自己放飞到60多年前的历史深处。风声里,剑胆中,我拉起一位位红嫂的手——

这是为救八路军而献身的红嫂陈元君,她1892年出生于临沂县义堂镇,少年时代随父逃荒到临沭县蛟龙湾村。1940年担任村妇救会长,1942年入党,并担任区妇救会长、县妇救会委员。她带领群众支援前线打鬼子,开展减租减息斗争,工作成绩十分突出。她先后把两个儿子送到部队,从而带动全村240多名青年参军。1943年腊月的一天,大地主胡伯衡带着日本鬼子突然包围了蛟龙湾村,把邓廷兰、秦怀兰、白士彬等同志堵在村里。陈元君机智大胆地将他们藏起来,巧妙地应付敌人,鬼子把她打得皮开肉绽,当场昏迷,醒来后仍严守秘密,保护了革命同志。1945年5月18日黎明,日军在特务带领下急速向蛟龙湾村扑来,此时,滨南干校的指导员张建华和通信员小王就住在陈元君家里。她勇敢地爬上墙头,高喊"鬼子来了,快跑呀!"王建华等同志迅速撤出,陈元君却被鬼子的子弹夺去了生命。

这是一心一意为抗战的王春英,她1912年出生,抗战时期担任平邑县朱家村村长。1942年是抗日战争最艰苦的岁月,为了粉碎敌人的经济封锁,党号召根据地人民开展大生产运动。王春英发动群众,组织抢种,还带领妇女们在没收地主的18亩地里种上棉花,年底收获了两千斤籽棉,全部交给了区政府。这一年,朱家村粮食获得大丰收,王春英带头踊跃缴纳公粮,不足三百人的小村子,一次就缴小麦2万多斤,有力地支援了抗战前线。1943年底到1947年春,鲁南军区医院分院驻在朱家村,家家住了伤病员,医、食、住、行,王春英跑前跑后地安排,并发动妇女帮助医院拆洗被褥、衣服、绷带。医院伤员多,忙不过来,她就又主动组织妇女们护理伤员,一口一口地喂汤喂饭,只要是革命事业,她全都一心一意地做好。

这是子弟兵的再生母亲祖秀莲，她1911年出生于沂水县院东头村。1941年冬天，在日军大扫荡中，八路军山东纵队司令部侦察排长郭伍士身受重伤生命垂危，祖秀莲不畏艰险，把他抢救后藏在一个石洞内，喂饭喂药，端屎端尿，精心照料一个多月，终于使他度过了生死关，返回前线。郭伍士1947年复员后，毅然决定不回山西老家，而是来到沂水县桃棵子村，找到了再生母亲祖秀莲，从此母子俩一起生活，相依为命。祖秀莲于1976年加入中国共产党，1977年去世，享年66岁。中共沂水县委、沂水县人民政府称她为"战争年代的红嫂，建设时期的英雄"。

这是沂蒙母亲王换于，她1888年出生于沂南县圈里村。19岁嫁给东辛庄农民于家，1938年加入中国共产党，不久被选为村妇救会会长和艾山乡副乡长，徐向前、罗荣桓、朱瑞、黎玉等党政军高级干部都曾在她家里生活和工作过。她在家里创办了托儿所，将山东分局领导机关的27名孩子抚养起来，其中有罗荣桓的女儿罗琳、陈沂的儿子陈小聪等革命后代。她还冒着生命危险保存山东省机关的重要机密文件。她用半年多的时间，救活了身负重伤、奄奄一息的《大众日报》记者毕铁华。她眼含热泪，把被敌人残杀的山东分局书记朱瑞的妻子陈若克，还有刚刚出生几天的婴儿尸体埋在自家的地里……她的事迹誉满全国，并由全国妇联主席蔡畅在世界妇女大会上作了专题报告。王换于老人于1989年去世，享年101岁。

这是刘胡兰式的女英雄范春莲，她1913年生于平邑镇。1944年加入共产党，担任平邑县丰山区妇救会长。1947年她带领群众北撤时，因怀孕行动迟缓，和丈夫一起被俘。在监狱里，被敌人吊打早产生下女儿，敌人仍继续对她吊梁头、爬"滑车"、灌辣椒水，用两头尖的铁钉钉打，甚至以把她丈夫活埋相威胁，她都咬紧牙关，决不说出党的秘密。5月18日，我军解放县城，范春莲终于获救，迎来新中国诞生。

1989年范春莲老人逝世,享年76岁。

这是抗战女英雄垛庄四大娘——彭大娘、韩大娘、段大娘、李大娘,真名分别叫杨松桂、谢德甫、张新民、吴金凤,都是蒙阴县垛庄镇垛庄村人。抗战时期,四大娘先后加入中国共产党,并分别担任妇救会长、副区长、副乡长等职。她们积极带领妇女做军衣、抬担架、护伤员,动员村民参军参战,掩护部队和地方干部,还送子参加革命,并动员了80多位青年参加八路军。四大娘的家成为抗日革命者的集结地、落脚点,供给吃住,胜过家人。1941年冬,日军5万多人对沂蒙抗日根据地实行"大扫荡",并以500元金票悬赏逮捕她们,四大娘毫不畏惧,在群众掩护下坚持同敌人展开周旋。她们的事迹被抗日军政干校编成文艺节目,在根据地和敌占区广为传颂,极大地鼓舞了抗日军民的斗志。

这是古郯女杰陈洪彩,她1915年出生在郯城县陈高册村一个贫苦农民的家庭。1938年加入中国共产党。1939年,八路军115师组成东进支队,决定拔掉鲁南重镇马头的日伪军据点。陈洪彩接受侦察据点敌情的任务,化装成小贩混进镇内,很快摸清了敌人的活动情况,将情报送到支队,为马头镇解放立下了大功。1940年11月,临郯县委决定端掉郯城这座国民党反共顽固派的老巢,这次的侦察任务又交给了陈洪彩。她随丈夫混进城里,很快绘制了一张简略的地图,由于情况摸得准,八路军东进支队二大队向郯城发起的进攻进展顺利,很快收复了郯城。1943年5月,陈洪彩完成侦察任务,带着孩子准备返回部队时,被叛徒告密,险些落在敌人手里,在逃避敌人追杀时,两岁儿子摔断颈椎离开人世,她强忍剧痛继续完成任务,配合部队一举歼灭了日伪据点的130多个敌人。1944年秋,郯城独立营被日伪军围困,几次突围未成,弹尽粮绝,部队又交给陈洪彩运送弹药的任务。她机智巧妙地避开敌人,连续送了5趟。在送第6趟时被敌人发现,身中4

弹,但她始终保护着子弹,拼命送到了独立营。1992年,陈洪彩被授予"山东红嫂"称号和省"三八红旗手"的荣誉称号。

这是用乳汁救伤员的明德英,她1911年出生于沂南县岸堤村,2岁时因病致哑,25岁嫁给横河村的李开田。1941年11月3日晚,在日伪军突然包围山东纵队司令部的激烈战斗中,遍体鳞伤的小战士艰难地跑到明德英家中,她急忙把小战士隐藏在一座石墓里。小战士因流血过多昏了过去,她便急忙为他包扎伤口,在没有水源的情况下,她毅然将自己的乳汁喂进小战士干裂的口中,之后又杀了两只母鸡为小战士滋补身体。经过半个多月的精心料理,小战士终于康复并返回了部队。1943年,明德英又从鬼子的枪林弹雨中抢救出了13岁的小八路庄新民。1955年,在上海工作的庄新民终于与明德英取得了联系,并建立了母子深情。她的故事被编为文艺作品,在全国广为传诵,并成为"沂蒙红嫂"的代表性表述。

…………

一个又一个展板。一张又一张照片。一则又一则故事。一段又一段历史。一位又一位伟大的沂蒙女性!

我手中的笔"唰唰唰"飞快地记录……

我的相机"咔咔咔"不停地拍照……

我的心"铿锵铿锵"记忆下历史深处的每个瞬间、每一细节……

我的眼泪"扑簌簌"汹涌而下,终至呜咽失声……

因为,我发现:她们的人数竟然是这么多,有名有姓有照片的还有几十位,我哪里记得下来?而无名无姓无照片,却有事迹、有壮举、有精神、有功劳苦劳、有牺牲、有担当的母亲、妻子和姐妹,更是数不胜数,记不胜记,就如同辽阔沂蒙大地上每一棵摇曳的小草,每一朵盛开的小花,每一株茁壮的绿树,每一道金色的阳光,和每一张朴实的红脸……

可叹的是，历史的烟云飘散得太快了——今天，血雨腥风已经被移植为"革命神话"。遍地的 LV、SK-2、IPAD、H&M……，汇成了汹涌澎湃的"消费至上""享受至上""金钱至上"大潮，夜夜笙歌，后庭犹唱，绮红靡绿，庶几淹没了"奉献至上"的价值观。当代（女）英雄早就不再是肩扛着共和国大厦的"沂蒙红嫂"们，而变成了靓丽的脸蛋、修长的大腿、妖娆的身材和××厘米的标准三围，一张张旖旎生风的红唇，成为叩开"芝麻开门"的不二法宝……

我不知还有多少女性、特别是年轻女孩子，还看得上沂蒙红嫂？

我不知还有多少男人、特别是"成功人士"，还推崇革命母亲？

我更没有勇气提出以下这个锐利的假设：如果侵略者再打来，在我们中华民族广袤的大地上，还能屹立起多少山峰一样巍峨的沂蒙红嫂？

…………

现在，离开莒南已多时了。回到了北京，大栅栏，王府井，燕莎，赛特，世贸天街。全聚德，便宜坊，唐宫，老墨，金钱豹。金天银地，馨风香云，绿肥红瘦，满城宫墙柳，满楼红袖招……然而，我却变得心事重重了。我始终也忘不了那幅"沂蒙红嫂女人桥"的油画，始终也忘不了她们那一双双沧桑的老茧手，始终也忘不了那一副副"满面尘灰烟火色"的、普通得像土坷垃一样的面孔！

有几次，当我路经国家博物馆，或者军事博物馆，再或者中国美术馆时，一阵阵热血涌起我的冲动：我真想给蓝天白云写一份报告，建议把"沂蒙红嫂展览"调到北京来展出。再借着四时花香，八面清风，推介到全国各地，使之镌刻在每个中国人的心上！

2011年5月1日初稿，7月29日定稿

【 相见欢 】

柔软的金丝猴

我自己也不知是怎么回事,岁数已经不小了,但依然是个超级动物控,见到小猫小狗,双腿就立刻被铁链锁住了似的,走不动道了,眼睛盯住人家的宠物看也看不够,直到主人将它们拉走走得远远的。然而说实话,我却从来不喜欢猴子,不知是因其长得丑还是太"皮",反正是不喜欢,家里几十只毛绒动物中也没有一只猴子;幸运的是,全家兄弟姐妹连同他们的儿孙,一个属猴的也没有,真是太好了。

全没想到走了一趟神农架,竟彻底颠覆了我对猴类的观念。

神农架的地域广大,群峰连绵不绝,最高峰3000多米,不算太高,也不算特别险峻。这里的山山岭岭都站满了树,连每个石缝儿里都挤满了绿,形成一鼓包一鼓包的绿色弧线,仿佛一望无际的西兰花之海。天空蓝得纯粹,纯粹得无一丝恍惚,就像波斯猫的那只蓝眼睛,一眨不眨地盯着你,直到把你的心软化得荡漾个不停。云彩飘得纯粹,纯粹得无一丝杂念,就像你的小狗直直地向你的怀里扑来,毫无一点儿保留地信赖你。山溪奔跑得纯粹,纯粹得毫无芥蒂,从高达数百丈的山崖上纵身跳下,就像以身饲虎的佛陀,将他的血液乃至性命完美地奉献出来。空气透明得纯粹,纯粹得丝丝入扣,浸润着天地万物,就像那些能把你融化的诗句,直到地老天荒,沧海桑田……

"哦哦哦,都来,都来——"突然,天地间响起一声呼哨,是从小木屋里走出来的一位汉子,在唤"孩儿们"回家。顷刻间,山也摇了,地也动了,只见林林木木间腾起一道道金光,峰峰岭岭刮起一阵阵旋风——金丝猴群来了!

好几十只,或许有上百只,迅即从数百丈的山头上"飞"下来了,踩着树梢,踏着草叶,一倏忽间,就纷纷来到我们面前,其速度之快,堪比只属于我们人类和这个时代的高铁列车!

感觉就像是飞来了一块神话中的阿拉伯飞毯,在眼前毛茸茸的草地上"唰——"地打开来,定睛再看时,大大小小的金毛猴子,坐满了一草地。最大者,壮硕的公猴王,好大的个子,站起来能达到成人的胸部,粗腰胖腹,胳膊大腿都滚滚圆,比我的胳膊还粗好多,一派风光地端坐在草地上,俨然一头大象王,俯视着群猴,除了威严,还是威严。其他猴子,都比他小了好几圈,活泼泼走动,捡拾草籽、花叶什么的,不停地往嘴里塞。还有儿童猴顽皮地追逐打闹,跟我们人类"七八岁,狗也闲"的顽童有一拼。婴儿猴则牢牢地粘在母猴的怀里,任妈妈怎么在树林间蹿上跳下也掉不下来,真是太可爱了!

神农架金丝猴是川金丝猴的一个独立亚种,自有他们独特的族规:以家庭为一个单元,由一只壮硕的公猴王者为家长,率领众多雌猴和小猴过日子。据说娶妻纳妾最多的一只公猴王,竟然有多达18只母猴"伴驾",可以说超豪奢了吧。在家庭之上,也讲究"村"居,即多个家庭组成一个大群,"村"在一片地域里。眼前这几十只上百只,即是一个移动的村庄。

我拿着一小把花生米,高度兴奋地、受宠若惊地,同时又战战兢兢地、小心翼翼地走进它们的阵仗,轻轻蹲下身,与金丝猴们亲密接触。它们倒一点儿也不反感,兀自大大方方地悠哉,游哉,吃喝哉,嬉戏哉。

有一只成年猴迈着鹅步,走过来了,轻轻地掰开我半握着的拳头,看看里面有没有什么好吃的?它的小手是那么柔软,最初触到我手的一刹那,令我浑身激灵一动,一股温暖的电流从心头滑过。它看到了花生米,并没显出狂喜,平平静静地抓起来,放进嘴里嚼着,仿佛像喝个下午茶,享受完了,就理所当然离开了,也没说声谢谢。正当我有点儿失落时,另一只猴儿又来了,当发现我手心里空无一物,也没表现出一丁点儿的失望、愤懑和气恼,只是轻轻放开我的手,转身去草地上捡拾草籽了。第三只又过来了,同样如此。每一只都矜持得像见过大世面的富家子弟,在劳斯莱斯面前,眼都不眨一眨。

同伴们纷纷举着手机,争抢着与它们合照,猴儿们习惯性地瞅也不瞅,只顾忙活着自己的事情。于是便出现了这样一幕美景:绿茸茸的茅草地,蓝莹莹的天空,一大群披着金丝衣的猴子在欢快地觅食玩耍,中间夹杂着几个皱皱巴巴的人,极力巴结着身边的山大王。这情景我一辈子只经历过两次,另一次是某年在林肯纪念堂前,时值傍晚,一队一字型大雁忽然自天边飞来,优雅地落在一小片草地上,走动了几步活动活动脚踝,就收起翅膀和双脚,卧下休憩了。人们就在身边,大人在走动聊天,孩子们追逐打闹,大雁兀自把头埋入翅膀,安心睡去,毫无戒备之心。我蹑手蹑脚走到它们中间,发现这些褐色的大雁,身躯竟然是那么大个儿,每只都有半人高,像一头头小羊似的,根本与天空中那寸长的"一条线"不是一个文本……

走进动物世界,何其难,又何其容易!

我想再要几粒花生米,但他不给了,说猴子吃多了会腹泻。他是谁?小木屋汉子,肤色黝黑,身量不高,五十多岁年纪,壮壮实实的

一个"山民"。嗨,我当时犯的大错误,就是真把他当作一个普通的山民了,还跟他说:

"那么问题来了,就王者一个猴幸福满满,其余猴子怎么办呢?"

他大概觉得我这话太外行,没吭声。

是啊,神农架的金丝猴群真够霸气的,其"霸道条款"就是这么规定的,公猴长到成年,就会被猴王逐出家庭,免得自己的地位受到挑战。家家被逐出的公猴,孤苦伶仃的,在严酷的大山里很难生存,不得已便只能抱团取暖,组成一个雄性大家庭,大伙儿聚在一起凑合着过。等季节的风霜雨雪给它们练就出一身强健的筋骨,等岁月的曲折坎坷给它们披上一层坚硬的铠甲,它们中的最出类拔萃者,就会跳出去向猴王挑战,如果战胜便取而代之。世世代代,神农架的金丝猴们就是这么生存下来的。

那么问题又来了,王猴只有一个,他的雄健确能保证小猴的质量不至于越来越弱化,但不能保证猴群数量的增长啊。再加上苟且偷生的众公猴,毕竟不能保证一辈子都不生二心,它们也会聚啸山林,打家劫舍,纷纷抢个"民女"做自己的压寨夫人吗?从理论上讲是这么回事,所以公猴群之间的战争时有发生,也是会有牺牲的。

如此下来,方方面面,年深日久,金丝猴的数量很难保证,减少很易,增长太难。外界生存环境的巨大改变,也是金丝猴面临的巨大危险,上世纪五六十年代开始的大规模伐木工程,差点儿砍秃了神农架的山山岭岭,等人们意识到需要调回头来护山植绿时,金丝猴的数量已经锐降到令人哭泣的地平线。当时只剩下二三百只了,濒临灭绝,遂被宣布为国家一级保护动物。

我在神农架林业历史馆看到一张张惊心动魄的图片:一根根澡盆般、水缸般、脸盆般、水桶般、饭碗般、茶杯般……粗细的大树中树小树,被砍倒、被断枝、被剥皮、被切割成长长的树段,往大山外面拉走。本来绿幽幽的生机勃勃的大山,被划破了胸膛,被磨破了皮肤,露出了由大大小小砂石覆盖的山道,那都是山山岭岭流出的血啊!于是,一座山又一座山,一道岭又一道岭,没几个春夏秋冬没几个花开花落,几十万年时光养育出来的神农架,秃了……

幸亏改革开放的春风吹来了,大喇叭里传来的不再是"抓革命,促生产",变成了"绿保,绿植,绿护,绿养"。最让人长歌当哭的,是神农架做出了一个惊天地、泣鬼神的决定:在全林场数百员工中,擢拔出了最骁勇的八位勇士。小伙子们都十八、二十啷当年纪,个个头发漆黑如乌鸟,眼睛明亮赛山溪,体壮,精明,勇毅,果敢,胆大,心细,具有责任心和事业心,不怕困难不怕牺牲。要派他们去做什么呢?

开天辟地以来,神农帝搭架晒百草以来,中国第一次,人类第一次,跟踪金丝猴群,不,是追踪金丝猴群!试试能否跟它们亲近?想方设法帮助它们繁荣富强起来。

责无旁贷,筚路蓝缕,八勇士肩负无限荣光的使命,背起殷殷切切的目光,决绝地上路了——

他们真行啊,像那些浑身闪着金光的山大王一样,逢山跨山,遇水跃水,临渊越渊!只是我不知,当山大王们"飘"过林林木木的树梢时,八勇士是怎么跟着飞过去的?难道他们个个都练出了武林神话中的飞天走地工夫?当时神农架的深山老岭里,根本没有路哇,只有遍地的毒蛇毒蝎毒虫,还时常会冷不丁窜出黑熊、野猪、花豹、狼,甚至传说中的华南虎……最难以想象的还是速度,速度是描述物体运动快慢的物理量,猴宝们的速度当然是疾如风,快如电,眨眼之间就到了对面的山头,它们是大山的精灵,人类笨拙的肉身怎么追?平地你都追不上,眼睛你都追不上,何况你沉重的双腿?

我实在、实在想象不出当时的情形来!

不过中国人最爱说一句话："没有做不到，只有想不到"，信然！金丝猴虽是大山的精灵，八勇士更是神农架的神，当东君大帝的驾车"轰隆隆"驶过1800多天之后，当神农架山山岭岭的大树中树小树又长胖了5圈之后，八勇士终于神奇地成功了，他们带回了两个金丝猴群！这是自有人类历史以来，他们创造的生物学和动物学上的伟大奇迹。到目前为止，全世界只有神农架的这两个金丝猴群，接受了人类给予它们的食物和方方面面的照顾，从而接纳了人类，信赖了人类，亲近了人类，与人类建立起了共融共生的亲密关系……

无可争议的是，神农架金丝猴是世界上最漂亮、最高贵的猴子，你看，它们圆圆的头上，顶着一大簇"T"字形金丝毛发，简直就是一顶显赫的王冠。下面连接着两个乒乓球般大的淡蓝色毛圈，里面镶嵌着两只黑玛瑙似的眼睛，还有两只黑宝石般的鼻孔。嘴被罩在一个雪白毛色的圆圈圈里，闭上时呈现出一条美丽的红线。两腮上各有一片褐色的金毛，逐步向脖子下面浸润过去。它们的胸膛是白色的短毛，一直铺向两只壮硕的胳膊内侧。胳膊外侧则是一条很宽的深棕色长毛，不仅增加了它们毛色的多彩，更是一件对外宣示"我很厉害"的铠甲，警告其他动物不要来侵犯它。就其"精神内涵"来说，金丝猴也比普通猕猴高贵得多，它们的温和与柔软，源自于非常懂得自爱，在全世界面前，它们永远把自己收拾得干干净净，举手投足都很有分寸，用绅士和淑女的高标准严格要求着自己。它们永远不偷不抢不弄奸耍滑，只认认真真靠自己的勤劳吃饭。它们永远不张扬不自夸不炫耀，只低调地做好自己。它们永远不欺瞒不扯谎不撒泼耍赖，不把族群氛围和社会空气搅得一团腐烂。它们也永远不阿谀奉承不出卖自尊，绝不为了升官发财而不择手段地像变色龙那样跳来跳去……

我真心爱上了这些可爱的神农架精灵。一想到它们柔软的小手轻轻掰开我的手指，那温柔的感觉就立刻像过电一样，在我心头一道又一道滚过热流。爱屋及乌，我甚至从此一改对猴子的偏见，像爱宠物猫狗一样，恨不能跟它们亲近，成为它们信赖的亲人。

"天地与我并生，而万物与我为一"。

"两个黄鹂鸣翠柳，一行白鹭上青天……"

天上的流云开始泛红了。神农架的火烧云好瑰丽，熊熊燃烧的彤云红光闪闪，亮得刺眼，而且像大群金丝猴宝们一样疾速腾跃着，飞转着，翻江倒海着，不一会儿就把整个儿西天烧成了一片火海。该下山了。

小木屋汉子呼哨一声，猴儿们像听到了集合号，一下子都停止了活动，沉静下来，望向我们。大山忽然寂静了，山山岭岭的林木也都停止了歌吟，世界一下子都跟着柔软了。顷刻，只听林木间刮起一阵大风，只见树梢上金光闪闪，金丝猴们都"飞"走了。我们待在草地上，揉揉眼睛，像做了一场金色的梦……

那只名字叫"大胆儿"的猴儿也走了。它相当于我们人类"第一个吃螃蟹的人"，第一个接受了八勇士赠与的苹果，那是用茅草包裹做了伪装的，尽管有点儿害怕，但"大胆儿"还是勇敢地咬了第一口。其他猴宝看到了，踟蹰着蹭到它跟前，用怀疑的目光审视着，最后终于忍不住，犹犹豫豫地问它：好吃嗨？看到它得意地点着头，惬意享受着美味的样子，猴儿们终于忍不住了，一哄而上，都去捡了吃起来。就这样，它们慢慢接受了八勇士，渐渐信赖了他们送去的食物，也大着胆子跟着他们去游玩——万物都是有灵性的，你爱不爱对方，对方信任不信任你，其实看看对方的眼睛，一切都了然。

这太重要了！金丝猴们的生存艰难备尝，尤其是到了冬天，天地萧瑟，大山休眠，没有了食物，猴儿们冻饿而死的概率大增。20世纪60年代，神农架的金丝猴只剩下四五百只，眼看就要面临灭顶之灾。现在通过几十年的精心呵护，人工干预下，数量逐年递增，已达到

1400多只,用小木屋汉子的话说:"这是几代林业保护人的付出才换来的数字,只不过这增速还是太慢了。"所以到现在,金丝猴还是极度濒危物种。

唉,可怜的猴儿们,又何其有幸的猴宝们!

"几代林业保护人",这句话在我心里刮起大风,也再度引起了我的追悔莫及且内心不安——这即是我前面说过的自己犯的那个错误:告别神农架山山岭岭的归途中,我才得知,那小木屋的貌似山民的汉子,就是当年的八勇士之一。

虽已是初秋,大山依然在奋力高举着满山的浓绿。或者也可以说,满山的浓绿高举着绵延起伏的山山岭岭。我是第一次来到神农架,来之前作了功课,摊开中国地图,惊讶地发现从地域学上讲,神农架竟然有着那么大的地盘,从南到北,差不多半个西部都是它的疆域。全中国,也很少有人不知道神农架的,这可能与它神秘的"野人"传说有关。呵呵,我对"野人"不以为然,即使他们真的在,也不应该打扰他们,为什么不能让他们平平静静地过自己的日子呢,岁月静好,众生平等,高天厚土,万物有福。神农架最令我感动的,我内心被极度震撼到的,还是"八勇士"。

那朴朴素素小木屋上,虽然没挂上金碧辉煌的牌子,然而它是令人敬仰的"神农架国家公园科学研究院大龙潭金丝猴野外研究基地"。那被我错认为山民的汉子,名叫黄天鹏,几十年山风呼啸,大雪纷飞,他一直在基地坚守,如今早已熬花了头发,仍不肯下山,指导着年轻的后来人。小木屋内现在做的工作,是全天候跟踪监测金丝猴,收集基础数据,配合科研机构大专院校开展相关课题研究。目前,基地有中科院大学、中南林业科技大学的研究生、博士生常年驻守。基地还通过互联网,搭建了一个科研科普展示平台,面向全球开放,与全世界的科学家共同科研协作。

难怪黄天鹏一声呼哨，猴宝们就都来了，几十年呕心沥血的"老父亲"，几十载相依为命的"儿孙情"，堪比"慈母手中线，游子身上衣。谁言寸草心，报得三春晖"。

其他七勇士的情况是：杨敬龙、杨敬文、田思根已退休；刘强、余辉亮、姚辉调到院机关，后二人升任副院长；吴锋调到局保护与综合利用科。因为长期在高海拔地域工作，当年这八位全林区最精壮的小伙子，如今身体都受到损害，分别患有心脏病和心血管疾病、关节病、风湿病等，不止一人做了心脏支架等手术。我一遍一遍地想：他们在我心目中，是共和国级别的英雄，如果当时我知道，我一定要向他们三鞠躬。

就冲这一点，我还要再去绿宝王国神农架，与山山岭岭的树木一起，与清清澈澈的溪水一起，与洁洁净净的空气一起，与优哉游哉的动植物一起，与可爱的宝贝金丝猴一起，庄严地补上这个大礼。

同时，我吁请所有去到神农架的人们，向八勇士致敬，向所有坚守在基层岗位上的护林员、保护者和一众工作人员，致礼，致敬！

2023 年 9 月 21 日完稿，9 月 23 日定稿

百牛渡江的现代神话

之所以对蓬安心心念念,首先的隐秘之码,是在那群水牛身上。

我们到达太阳岛和月亮岛时,天光早就大亮了。绵密的雨丝网一样铺洒在宽阔的嘉陵江面上,捕捉着躲藏在朵朵涟漪中的故事和传说——这些亮晶晶的故事和传说,也都跟那群水牛有关。

此刻,数百头水牛早就集结在江右岸的一道栅栏门后面,不耐烦地蹈着蹄子,充满了准备冲锋的激情。但它们都把自己的声带管束得很好,没有吼叫传来,让人联想到即将出征的恺撒大军,对,就是那么威风凛凛,沉默却具有骇人的震慑力。

一声呼哨划过晴空,栅栏门訇然而开。顷刻间,水牛大军腾起奋冲的四蹄,踏出一道雄阔的狼烟,旋风一样地冲进了大江中。牛牛争先恐后,头头奋勇向前,就像百米冲刺的选手,对准百米开外的月亮岛,以最直的线段奔游过去!

急骤起来的雨线用施展魔术的手一抹,露在水面上的牛头和脊背,显示出炫目的古铜色,宛如一尊尊远古的青铜雕像,在白色的水浪中飞翔。身边的一位女士突发惊人之语:"水中的水牛酷似鳄鱼!"而我,联想到的是火车——我觉得这一长队浩浩荡荡、劈波斩浪的水牛群,像极了一列奔腾前行的列车。

这百牛渡江,是远近闻名的蓬安一景。

蓬安县制,为四川省南充市下辖。粗壮的嘉陵江滚滚滔滔,穿县而过,把全县浸染得青山葱茏,鸟语花香,五谷丰登。过去,交通的不便刺激了她独立自主的发展精神,自给自足地过着悠闲的农业文明日子。也正是得益于这交通的不便,蓬安的宁静、恬然、淳朴与简单,连同她的楠木、香樟、慈竹、银杏、红豆等18种珍稀树种,以及"中国锦橙第一县""南方制种大县"等美名;还有文庙、武庙、城隍庙、玉环书院、相如故宅、龙神祠等古建筑群;还有司马相如抚琴台、洗笔池、舞剑台、卓剑水、长卿祠、故宅等名胜旧迹;还有县城内的古街、古树、古城墙、古衙门等遗址……全都金贵地保存下来了。

至今完好保存在蓬安人心中的,还有使他们最骄傲的两位名人——司马相如和周敦颐。我个人认为,还是由于交通的不便,使蓬安留住了司马相如和卓文君,使他俩建琴台而居,抚琴赏月,创酒坊以酿,把酒为赋,留下了千古的爱情佳话;也使当年路过这里的周敦颐大师放弃了官场的浮华和市井的喧嚣,驻足讲学、著书,并留下了非常富有蓬安清洁精神的至文《爱莲说》:"……予独爱莲之出淤泥而不染,濯清涟而不妖,中通外直,不蔓不枝,香远益清,亭亭净植,可远观而不可亵玩焉。……"

交通的不便,用我们今人愚笨的观点看,是大缺点,是阻碍蓬安发展的大弱势;而以古人智慧的眼光看,则留住了蓬安的安宁和幸福,是成就了蓬安的福祉——说来说去,我们今天忙着、急着、赶着去往前奔命,可是要发展那么快干吗呢?特别是还在牺牲环境和资源的巨大代价中!就在几天前,一位女友告诉我净空法师说过:今人皆以为古人愚笨落后，殊不知数百年前的古人就已掌握了我们今天的许多高科技技术，比如航天、航海等等，只不过，他们是为了尊重自然和保护环境，自觉地把发展速度降慢了，正所谓非不能也，是不为也……我听了，震惊无比，也顿开茅塞！

快与慢，亟需重新考量的社会之重啊！

慢，不应该是一个贬义词，有时，慢绝对有慢的道理。这不，视野中，水牛列车的速度缓缓慢了下来，原来是德高望重的头牛，看到刚才冲到最前面的几头小牛有点吃力了。水牛家族也有长幼尊卑的秩序，整支队伍是由头牛带领的，任何成牛都不能僭越。可是偏偏有顽皮的小家伙逞能，抢先游在最前面以显示自己已经"弱冠"。头牛对它们青春的鲁莽，采取了我们对80后同样的宠爱和宽容，同时又不失警惕地替它们注视着各种危险。这种仁爱的注视也在队尾几头公牛的眼睛中，它们在担负着殿后的任务，始终从容不迫地摆动着自己的身体，沉稳地保持着自己收容队长、队副的节奏。

动物们有自己的肢体语言，这是我早就知道的。可是我没想到，只要我们认真地注视它们，这种语言其实是很容易就看懂了的。糟糕的是现代人已经变得越来越粗心大意，但求快捷不求精致，但求效率不求过程，恨不能鼠标一点，万事大吉，一天之内就能解放全人类，殊不顾在解放全人类的同时却使自己变成了物的奴隶。

说了半天，我还没讲解这百牛过江的缘由：原来，太阳岛和月亮岛是嘉陵江（蓬安段）中心的两个小洲——"关关雎鸠，在河之洲"的洲，"天边树若荠，江畔洲如月"的洲，《现代汉语词典》："河流中由沙石、泥土淤积而成的陆地"，也就是大河之中的小岛屿。顾名思义，太阳岛圆形，较小，是水鸟们的家乡。月亮岛很大，漂亮地呈现出一弯新月的形状，两个月角之间的长度大约有两千多米，岛上一览无余，全部是深及脚踝的绿草，是水牛们最心仪的共产主义大食堂。千百年来，蓬安居民由远古先民换成了司马相如、卓文君，又换成周敦颐，复又换成今天的县委领导和他们的子民；而蓬安的水牛们，也由原始牛而先秦——两汉——南北朝——晋——隋——唐——宋——元——明——清，一直做到21世纪的中华人民共和国公民。几千年倏忽过去，祖先的基因未变，祖上的生活习性固守：只要是在农闲季节，家家户户的水牛就都黎明即起，自个儿渡江到月亮岛上去吃草、休息、养膘，待夕阳西下时再自行地泗水回来，各自归家……

这种情形，在过去的几千年里是常态，是真情实感的现实主义散文，司空而见惯；但在今天，却一天天变成了稀罕的浪漫主义诗歌。城里人和越来越多即将由乡而城的准城市人，留恋于百牛过江的自然美，纷纷赶大早来看稀奇。水牛们当然尚不明了人类这种思想感情的变化，更想不到这会不会是一曲"无可奈何花落去"的挽歌？

雨丝歇去，嫩白色的太阳露出微笑，古铜色的水牛列车渐渐驶达到终点。头牛最先傲岸登陆，后面的母牛、小牛、公牛们轰隆隆地次第登上月亮岛。它们欢欣鼓舞地向草甸深处走去，好事的我们也跟了上去。

密密匝匝的绿草唱着千古的神秘歌谣，曳着风的衣襟摇摆着，起伏着。每一枚草叶上都高举着一颗晶莹的露水，使人感觉是来到了一块大珍珠毯上。浓情的负氧离子豪情万丈地放射着华贵的香气，落在我们的头发上、脸颊上、衣服上，不一会儿就香透了周身内外——哦，梦幻的世外桃源，幸福的农业文明！

返璞归真。连我这个从小在城市长大，青年时代在工厂和大学度过，没有下过乡也一向不喜欢农村的人，今天竟也急切地向往着乡村的幸福——我说不清这"阶级感情"是怎么转变的，反正，不仅仅是城市钢筋水泥桎梏的结果。更深层的原因，还是出于对明天的世界、对明天世界干枯化的担忧！

前车之鉴。今天，正在腾飞中的蓬安，刚好可以借低碳的东风西风，吸取前面所有弯路的教训，大踏步走出一条像水牛列车一样的直线来。

祝福后来者居上。

2010年7月4日初稿，7月6日定稿

80 后蜜蜂宣言

嗡嗡,我们是 80 后蜜蜂。

这也就是说——我们是崭新一代的新蜂类。

我们的宣言是:抛弃传统的重负,重建新的世界观和社会秩序。在自己拯救自己的同时,也要拯救人类,拯救地球,拯救全体生物类!

一

嗡嗡,千百年来,由于我们无私的奉献精神,在天地人心,在各类群众,都对蜜蜂家族予以了极其崇高的评价,其巍巍泰山乎,其滚滚长江乎,简直是所到之处,无不歌功颂德,有时甚至达到顶礼膜拜的程度。

比如:

· 人们常说"勤劳的蜜蜂",这一点也不夸张。在晴朗的天气里,蜜蜂总是在野外忙碌着。一只蜜蜂大约要采集1000朵花,才能装满自己的嗉囊,而嗉囊装满后马上回家卸空,它便又立即出发去采集新的花粉。这样,小小蜜蜂每天要飞进飞出10多次,从早忙到晚,一刻也不停。

· 要酿造1000克蜂蜜,大约需要60000只蜜蜂整整采集一天。蜜蜂是一位不知疲倦的"月下老人",通过它们的授粉,能大幅度提高多种农作物的产量和品质,保障人类的食物来源。我们凡人只看见了蜂蜜啊等等蜂产品,却都愚笨地忽视了一个事实:蜜蜂为农作物授粉而使其增长的经济效益,竟然是蜂产品的100倍以上。

· 蜜蜂用刺针蜇人是为了保护蜂群的利益,却不会给自身带来任何好处。蜇人之后,由于失去了刺针,小蜜蜂身体内部受到了严重伤害,不久就会死去。可以说,蜜蜂是为了它的集体而牺牲自己生命的。

· 蜜蜂是群体生活的社会性昆虫,它们的勤劳、无私、奉献、协作精神,为人类提供了一个崇高的精神榜样。古往今来,中华民族历来十分推崇"蜜蜂精神",在我们精神文明宝库的建构中,小小蜜蜂的贡献可说是一个重要的组成部分。

· 还有网友给蜜蜂归纳了五种精神:(1)勤劳精神。每天迎着朝霞出,披着余晖归,既敬业又精业,博采百花之蜜,风雨无阻。(2)团队精神。蜂群内部机构精练,分工明确,协作高效,文明有序,一旦发现花朵,即呼朋引伴,播粉采蜜;而一旦个体遭受攻击,蜂群相拥而至,上下齐心,用足用够集体的智慧和力量,战胜对方。(3)奉献精神。所有蜜蜂餐风饮露,采花酿蜜,以苦为乐,乐于奉献,不计个蜂得失;在维权上毫不犹豫地拔出蜂针,哪怕行将结束自己的生命也不退缩。(4)求实精神。与花为伴,与花为善,不厌其烦,精益求精,认真采撷每一朵花,精选能酿造好蜜的新鲜花粉；甘作月下老，使之花开满树，硕果满枝。（5）自律精神。洁身自好，时刻保持警惕，蜂箱里一旦出现了不洁之物，马上清理出去，决不放松对自己的高标准要求。

……

二

嗡嗡，谁不喜欢听动听的好话呢？谁又能在整日的赞美声中，完完全全把持住自己柔软的内心呢？这虽然是他们人类的劣根性，但我们蜜蜂的很多蜂民们，也近墨者黑地沾染上了这些坏毛病。

于是，在铺天盖地的歌颂声中，我们全体蜂民毫无办法，只有头脑持续发热，更加拼命地工作——采蜜、采粉、采胶、采水、酿蜜、筑巢、哺育幼虫、饲喂蜂王……唉，三十功名尘与土（据资料，蜜蜂的寿命一般是38天）！还要不停地迁徙、迁徙、迁徙，持续不歇地找寻新的蜜源地，呕，永远永远的八千里路云和月！一年三百六十五天，日日就这么工作、工作、工作，兢兢业业，呕心沥血，直至累倒、累得吐血、累得牺牲了自己宝贵的生命！最终，被沉默的蜂群树起一块又一块"鞠躬尽瘁，死而后已""重如泰山，光耀千秋"的牌匾，以安慰我们不甘的灵魂。

而这一切，又换来了更多的赞美，也就换去了我们更多的热血和生命——为了维护和发扬光大蜜蜂家族的优秀传统，我们的父母、祖父祖母、太爷爷太奶奶以至上溯几十代几百代几千代祖先，我们大公无私的蜜蜂家族，就是以这样的"牺牲我一个，成全全物类"为宗旨，一代代前赴后继，筑起了我们共荣而伟大的精神长城！

代代年年,在世界上唤作"蜜蜂"的大家族,皆以这样悲壮的奉献精神为骄傲,为真理,为我们物种的立身之本。

中国有一位伟大的作家巴金曾说过:"每个人应该遵守生之法则:把个人的命运联系在民族的命运上,将个人的生存放在群众的生存里。"

对了,他说得真好,我们就是以这样的蜂生目标为基准,来处置我们与同类之间、我们与人类之间、我们与全体生物类之间、我们与全世界之间的关系的。

记不得是伊索还是克雷洛夫、或是哪位大家曾经有一则特别经典的童话:

> 一只小蜜蜂贪玩,不愿好好工作,受到了长辈们的批评,它一赌气就离开了蜜蜂家族,独自闯世界去了。它遇到了风云雨雪的侵扰,差点儿被折断了孱弱的翅膀;它遇到了猫的骚扰、狗的攻击、熊的偷袭,差点儿被咬断了纤细的头颅;它又遭遇了鸡的追逐、鸭的扑赶、鹅的打压,差点儿被撕裂了瘦小的双腿;它还受到人类的迫害,男孩子们捉住它把它关在小瓶子里,女孩子们用草棍戳它的身躯,差点儿弄瞎它的眼睛……最后,这一连串生生死死的苦难使小蜜蜂幡然悔悟,重新回到了自己的蜂群里,找回了自己的工作岗位,痛并快乐地工作,从而获得了生命的真谛……

据说,这是蜜蜂家族教育孩子的《宝典》。所有蜂族的后世子孙们都把这《宝典》镌刻在家族的大蠹上,日乎三省,金科玉律。

可是,现在,我们80后蜜蜂却不再这样想了!我们渐渐感觉到:家族的传统背负太沉重了——面对这个荒谬的世界,我们还值得做出如此重大的牺牲吗?

三

嗡嗡，是的，现在的世界真是越来越荒谬了！

贪得无厌的人类，从来不肯停下他们饕夺的野心，生活得越富足越安逸越幸福，他们就越是贪心不足蛇吞象。有了100平方米的公寓房，他们就想着500平方米的别墅；有了桑塔纳，他们就想着宝马——奔驰——凯迪拉克；有了1000万，他们就想着1000亿、2000亿；有了金山、银海，他们又想着钻石的大漠、玛瑙的大洋、美玉的整个儿世界……

没完没了的贪婪，就使他们把这个地球弄得乱七八糟，满目疮痍——

气候变得越来越炎热，河流一条条地干涸了，绿洲一片片地变成了沙漠，连冰山都被烤焦了，再也没有了"燕山雪花大如席"的美景！

臭氧层变得越来越稀薄，下界的生态环境一天天越来越低下，使得我们生存的空间越来越浓缩，快速减少。终归有一日，天空就会被戳开一个大窟窿，连女娲也无法炼出巨大的五彩石，再也无力"石破天惊逗秋雨"了！

动物、植物及一切生物，一批批地死去，不少种群加速从地球上绝版了。人类却一天比一天繁衍、密集，而且都要求福禄寿喜，都要求长命百岁。于是，资源就一天比一天匮乏，就爆发了战争——抢夺土地！抢夺水源！抢夺石油！抢夺空气！抢夺地球上一切一切可以使财富增值、使生命延年的绿色！

于是，顺理成章的，人类就开始造假——用化学肥料取代自然界的天然农家肥。用转基因技术改变植物天然的生命时序。用越来越毒的杀虫剂对付病虫害。用催生素、催肥素驱赶猪牛羊、鸡鸭鹅、乌龟王八鱼类快速生长。用催红素染红苹果、鸭梨、西瓜、桃和杏。用增白剂漂白大米、面粉。用增黄素染黄玉米、小米。用红色素染红芸豆、红豆、紫米、花生米。用反式脂肪酸代替正常脂肪类。用三聚氰胺增加牛奶的成分和推迟储存期。用胭脂红、山梨酸钾、碳酸氢铵、碳酸氢钠、碳酸钙等等奇奇怪怪、五花八门的化学制剂，制造出各种各样的、为所欲为的离奇效果……

潘多拉魔盒彻底爆裂开来，亚当、夏娃被永久地驱逐出伊甸园——造孽的人类，罪有应得啊！

四

然而，最最让我们蜂类不能容忍的，还是人类对我们蜜蜂家族无尚纯洁、无比高尚的伟大文化精神的无耻伤害！

他们无耻地利用我们却病去疾的蜂王浆，往里面掺糖、掺粉，以至于就连药店里卖的王浆都没人敢相信了。他们无耻地利用我们延年益寿的蜂蜜，往里面兑水、兑液，以至于满大街再也找不到足成足色的良善好货了。他们还无耻地制造假蜂胶，一边竟胆敢像市场上最奸诈的商贩一样，大声地聒噪着蜂胶的神奇的不可缺少，仿佛谁不用蜂胶谁明天就会得绝症后天就要死去一样！

当人类往蜂蜜里兑水时，我们50年代以前的蜂前辈们只是摇头叹气，以大忍耐的态度说："老天爷看着他们哪！"

当人类往蜂王浆里掺糖时，我们60年代、70年代的蜂兄蜂姐们只是愤懑地诅咒两句，就又充满理想主义地埋头苦干去了。

当人类往蜂胶里放色素、放淀粉、放各种化工原料时，我们80后蜜蜂却再也不能容忍了！这些伤天害理的家伙，我们已经把他们看透了——他们的良心、道德、人性早就被狗吃了。为了钱，你就是让他们把亲娘老子卖了，他们也会不皱一丝眉头，一往无前的！

对这样的家伙，我们还客气什么还迁就什么呢？别看我们蜜蜂个子小，力弱身薄的，但我们蜜蜂是人间所没有的团结大集体。蜂多力量大，三四只蜜蜂就能把人蜇得红肿一片。二百多只蜜蜂共同作战，就能把一个坏人蜇死！

所以，在于今为烈的丑行中，我们80后蜜蜂决定不再忍耐——如果歹人继续作恶，而人间继续缺乏正义的审判和法律制裁的话，我们新蜂类可就要拍案而起了。对坏人的姑息就是对好人的犯罪，该出手时就出手！

五

嗡嗡，我们就是这样一群80后新蜂类！

嗡嗡，我们决不能再走祖辈们"只埋头拉车，不抬头看路"的旧路了！

嗡嗡，我们必须要建立起惩恶扬善的社会新机制！

当然，我们也不是没看见"春在溪头荠菜花"。人间的大爱大善大真大美并没有灭绝，很多人，男女老少，还是遵循道德的好公民；大部分企业，国营民营，还算奉公守法的好企业。更有少数社会精英分子，在用自己的心血，默默地、边缘地、甘愿把冷板凳寂寞地坐穿，铸造着人类 21 世纪的历史新高度。

  对人间这样的优秀品德和行为，我们每只蜜蜂都尊敬有加。我们发誓，一定要在八千里路的迁徙、迁徙中，在三十功名的工作、工作中，把这些优秀，大声地昭告给云和月，大声地昭告给天和地，大声地昭告给全体生物界。

  大江东去，大浪就是这么淘换出千古风流人物的。

  嗡嗡，我们的任务，也是要弘扬中华民族绵延五千年的优秀传统精神！

  嗡嗡，我们的使命，也是要推动天地人心的文明和进步！

  ——嗡嗡，我们就是这样一群卓尔不群的 80 后新蜂类！

2010 年 4 月 24 日初稿，5 月 7 日定稿

回到童年观鸟去

人生应该时不时地回到童年，尤其是在当下这个欲望过于膨胀的年代。童年虽然幼稚，可是纯真，美好，头脑里满是有趣的事物，心里面全是好奇和梦想，一天到晚腻在岁月的温暖里，有着数不尽的快乐。

最重要的，小小眼睛里的世界，叫真善美。

至今还特别记得那时读过的一本书，书名已经不记得了，写的是几个少先队员跟着科学家叔叔观鸟的故事，有的段落和情节还记得很清楚。从此，竟落下了一个久蓄的观鸟情结，自己却并不知道，直到这次跑到七里海，做了一次观鸟员，才圆了这几十年的梦想。

七里海的鸟儿，可真是看美了！

——你看，这不是苍鹭吗？外号叫"抻脖子老等"。少年时的那本书说它好吃懒做，不爱劳动，每天只是站在浅水里等着，有小鱼游过时才伸出长长的尖嘴巴去捕捉，年深日久，竟把自己的腿和脖子都等得又长又细了。而苍鹭在七里海变成了一位美丽的七彩禽姑娘，有鼻子有眼的传说是：一次她在被老雕袭击的危难中，有个小伙子救了她，为了报答救命之恩，七彩禽变作姑娘之身来到小伙子家，成为他的妻子。有一年下大雪，家里断了粮，情急之下，禽姑娘拔下自己身上的七彩羽毛织了一块布，让丈夫拿到集市上去卖，结果卖了非常好的价钱。从此，贪心的丈夫竟然不再劳动了，天天逼着妻子织布去卖，可怜禽姑娘把身上的七彩羽毛都拔光了。丈夫见她再也织不出布，竟抛下她再也不回家。七彩禽此时只剩下灰色的羽毛了，天天站在家门前的小河里，等着丈夫回心转意，天长日久，把脖子都抻长了，腿也站得瘦骨嶙峋……

——再看，这不是勤劳的燕鸥妈妈吗？它们每次生下三枚宝贝蛋后，就开始了艰苦的孵化日子，二十多天里，一动不动地把宝贝蛋放在自己肚子底下，用贴身的温暖孕育孩子们的发育成长。这些日子里，它们几乎不吃不喝不睡，只有在饿极了的时候才赶快起身去找点儿吃的，然后又急急忙忙赶回来护住自己的宝贝蛋。我看见，一位燕鸥妈妈困得眼睛都睁不开了，头一冲一冲的直打盹，可是一片草叶的轻轻摇动惊醒了它，赶快抬起头来警惕地看看周围有什么动静。但在这么长的时间里，宝贝蛋的爸爸们在哪儿呢？没看见。

——还看，还看，这不是喜鹊吗？喜鹊到处有，北京也有，喳喳喳喳，到处报喜到处受到欢迎。《唐宋词一百首》开篇第一首就是《鹊踏枝》："叵耐灵鹊多谩语，送喜何曾有凭据"，说明古代就有盼望喜鹊报喜的民俗了。可是七里海的喜鹊真厉害，为了保护自己的孩子，敢于和老鹰展开战斗，一群喜鹊能把老鹰啄得落荒而逃，就像一群小小歼击机群殴大型战斗机，一群小小鱼雷艇围攻航空母舰一样。无论是保护孩子还是保卫家园，只要横下一条必胜的信心，弱者都不弱，强者应更强。

…………

以上这些胜景，都是我站在七里海的观景台上，通过4个彩色电视大屏幕看到的，在大大小小的鸟岛深处，几十个电子监视镜头，正日夜不停地把鸟儿们的生活场景高清晰度地传输过来。这是我平生第一次通过大屏幕，看到大自然中自由自在的鸟儿们，可真是高科技哎，镜头可真清楚哎，连它们"才下眉头，又上心头"的一颦一笑都照下来了，连它们身后那"风吹草叶动，水摇鱼上来"的背景都传输来了，可以看出，鸟儿们生活得随意、惬意和欢快，幸福生活指数不低——套用一句咱们中国人爱说的流行语：它们的幸福也就是我们的幸福啊。

"走，上里边瞅瞅去——"

主人一声招呼，大家的情绪更被点燃了，争先恐后走上长长的木栈桥，急得就像抢地盘一样朝前跑去。但是主人立刻过来制止，轻声说，要慢走，轻步，噤声，不能惊着鸟儿们。我们吐了一下舌头，随即就都变成了前来偷窥的特务，一个个蹑手蹑脚，弯腰躬行。栈桥大约有两三公里长，差不多走了一半，就看见在远远的桥头顶端，有两只半人高的大鸟，悠闲地"坐"在那里的木栏上，正起劲地聊着大天，我立刻猜出它们正在交流的话题，一定是如何使用名牌化妆品？因为两只都在尽力展示着自己的美女范儿，不时伸开白色的腰身，甩动着长喙和黑顶，此时，头上的长羽毛就像披风一样飘荡在肩上，真是又威风又美丽。是仙鹤吗？是神话传说中的朱雀吗？还是王母娘娘家的七仙女？

可是主人再不让往前走了。我心里很遗憾：还有那么远的距离呢，看都还没看清楚，怎么就怕惊吓了呢？这鸟儿也真够娇气的！主人说：是。是野蛮的人类伤害它们太狠了，把它们的魂儿都吓丢了，现在刚刚在七里海找回来，还经不起大风大浪，因此稍有人影就一惊一乍的，以为灭顶之灾又来了。

我们只好万分遗憾而又恋恋不舍地往回走。这时，我才缓过神来，观看七里海。

哎嗨哟,还真的很像海呢,波光粼粼,水色清碧,滚滚滔滔,一望无际。水面上有多个小岛,据说都是人工堆积而成的,上面生长着绿得发亮的芦苇,茂密的嫩草,以及各色盛开的不知名的小花。风儿吹,水儿就荡,光影就摇,大鸟们就翱翔,小鸟们就叽叽叽地唱起了童谣。

神奇的七里海,原生态的湿地景观,大地的绿肺!有着苇、蒲、蓼、棱等150多种植物群落,鱼、紫蟹、沼虾等20多种水产,东方白鹳、天鹅、灰鹤、白琵鹭、白鹭等180多种鸟类,还有无以计数的云彩和风,美不胜收地展现着湿地生物物种和自然风光的多样性、丰富性、母性、包容性、可亲性,简直可说是万物共生共荣的乐园。坐着观光游艇慢慢泛舟,能看到尺长的鱼儿往船上跳的奇观;沿着遮天蔽日的苇中小路探索前行,又可领略"万物俱寂静,周身皆鸟鸣"的神秘感。一望无际的芦林、苇海、花草、沼泽、鸟岛,猛然撞击着人人曾经拥有的少年情;清新的空气,甜甜的草香和水香,洗涤着个个被肮脏城市污染的肺。此外,还有源远流长的历史呢:牡蛎滩自然遗迹距今已有几千年,其规模之壮观,密集程度之高,序列之清晰,保存之完整,国内绝无仅有,在世界上都属于罕见。大面积的贝壳堤,与美国圣路易斯安那州贝壳堤、南美苏里南贝壳堤并称为世界三大著名贝壳堤,极具观赏和研究价值……

这样的海,这样的风,这样的鱼,这样的鸟,这样的童话,在哪儿呢?

说了半天,不再卖关子了:七里海远在天边,近在眼前,它就在天津东北部的宁河县界内,离天津市区才30公里,离北京城也就152公里。说来,这些年我们满眼看到满耳听到的,都是大河小河的干涸、断流、污染、呜咽,连过去最经典的水乡、出门就要撑船的江南小镇,也不见了河、湖、港、汊，代之以的统统无外乎柏油马路、政府广场和高楼大厦。水呢，你不善待它，你不亲近它，它们也就离你远去了。可是，我怎么也没想到的是，在干燥的京津地区，居然还涵养着这么大的一片水域！

说是"涵养"，一点儿也没说错。1992年经国务院批准，七里海成为古海岸与湿地国家级自然保护区。整整20年来，七里海人民在宁河县委、县政府的领导下，像捧着一颗稀世珍珠似的，小心翼翼地呵护着它、建设着它，把它侍弄得一天比一天更润泽、更晶莹。这不，天津《今晚报》10天前（2012年7月13日）发表的消息：今年七里海管委会在每个鸟岛上开挖了深、浅水湾，同时根据鸟类的生活习性，建起了多个鸟巢和栖息架，使来此栖息的鸟儿比往年增加了20%，还增多了许多新品种。其中包括国家一级保护动物东方白鹳、大天鹅、中华秋沙鸭；国家二级保护动物小天鹅、疣鼻天鹅、琵嘴鸭等10余种。此外，花脸鸭、红头潜鸭、青头潜鸭、尖尾鸭、反嘴鹬、鹤鹬等珍稀候鸟也"光临"了七里海湿地……

最后，再披露一个秘密：七里海管委会有个老同志，这些年把他的青春和汗水都奉献给七里海了，而得到的回报是已熬成了专家级的大腕。你去七里海观鸟赏鱼，有什么问题尽找他去问，能问倒他，也算你专家！

2012年7月23日

儿时的鸟儿们

小时候家住的协和大院宿舍，是一座欧罗巴式大院，里面花、草、树都多，鸟儿们就愿意来呼吸新鲜空气。每天早上一醒来，就能听到它们在窗外练声的练声，唱戏的唱戏，热烈极了。施特劳斯有一首钢琴曲《森林波尔卡》，我相信，他一定是听到了晨光中的众鸟和鸣。

我在大院里见过的鸟，有燕子、喜鹊、灰喜鹊、麻雀、老鹰、啄木鸟、布谷鸟、乌鸦、鸽子，据说还有小伙伴见过猫头鹰。有一天傍晚，我还生生地看到天上飞着一排南归的大雁，它们已经飞得很低了，可以清晰地看到夕阳照在它们身上，把每一只的羽毛都染得一片金红，它们一只只伸着长颈奋力飞着，队伍整齐得像是用尺子划出来的，那场面可真是壮丽的诗啊……

【喜鹊】

喜鹊的叫声不用我形容，大家都听过，"喳喳喳，喳喳喳"的，也有人听到的是"喜喳喳,喜喳喳……"从古代开始,古人就谓之为报喜之声。我有一本《唐诗宋词一百首》,开篇第一首便是写喜鹊来送喜讯的:"叵耐灵鹊多谩语,送喜何曾有凭据!几度飞来活捉取,锁上金笼休共语。比拟好心来送喜,谁知锁我在金笼里。欲他征夫早归来,腾身却放我向青云里。"(无名氏《鹊踏枝》)这是唐代民间流传的一首爱情词,上半阕是少妇口气,说多嘴的喜鹊呀,没凭没据的,你来送什么喜?下半阕换成喜鹊的口气,委屈地说,我好心好意来送喜,她却把我锁进笼子,盼她出征的丈夫赶紧回家来吧,就能把我放回到蓝天白云里了……哈哈!

中国民间也有很多类似的传说,比如"喜鹊叫,贵客到""喜鹊喳喳,财宝到家"。到不到家先不说,那"喳喳喳"的叫声确实好听,给人带来愉快的感觉,因为里面充满了一个好字——"明":明朗、明快、明晓、明畅、明净、明澈、明晰、明理,还有光明、聪明、鲜明、启明、精明、神明、圣明……总之各种好词吧。其实,这都是人类心目中自己设定的主观美好想象,实际中,喜鹊为了个体的生存,也是很凶悍的鸟呢,饿了或是要喂食自己的雏鸟时,它会狠心地盗食其他鸟类的卵和雏鸟,痛下杀手,毫不心慈手软。可见在自然万物中,什么都不能看表面现象,决不能看他(她、它)穿了一件美丽的花衣裳,或者说一嘴腻得流油的阿谀话,就认定他(她、它)们的心灵也像鲜花一样,看鸟与看人,同理。

【燕子】

燕子的叫声也好听,"啾啾啾"的,古人形容为"啁啾",古诗中提到它们的也很多。不过北京燕子的最美特色不在协和大院,而是在正阳门箭楼,也就是前门楼子。老北京人都知道正阳门的夕阳西下时,甚是壮美，蓝莹莹的澄天，一座被晚霞皴染得流光溢彩的高大门楼，大群大群"唧啾"着飞过来、飞过去的嬉燕，那幅壮美的图画，简直都能把人的心美"化"了。顺便说一句，正阳门是北京最大的城门，正阳门箭楼是北京最高大的箭楼，从它建成的那天起，一直是老北京的象征。

【灰喜鹊】

灰喜鹊的外形跟黑白喜鹊有点像，但身上的"衣裳"不同，便不以为它们是同类了。灰喜鹊长得不难看，甚至还可以说有点儿漂亮：黑头黑喙，小脸嫩白，翠蓝色的身上披着一件浅灰色的"小坎肩"，下面拖着一条长长的深灰色大尾巴，在树上栖息的时候，宛若坐在龙庭上的帝王，我每次看到它们这个高贵的姿态，都有一种想画下来的冲动。

但是，它们可万万不能开口，因为那厮的叫声实在是太难听了，"嘎——嘎——嘎！！"的，然又不像鸭"嘎"那么清清亮亮和正大光明；而是压着嗓子，憋着闷气，像是积了多少年的仇怨，刻毒地从胸腔里挤出来，听着真叫人从心里往外不舒服——很多时候，能叫我联想到大院里的一位长舌妇"三脚鸡"，伊虽然也是干部，却整天揣着一肚子怨毒在大院里溜达，碰上谁就趋过去搭茬儿，追着探问人家的隐私，然后牢记在心里，伺机下手，陷害一下。在人类的劣根性中，确实有这么一种整天盯着别人的小人，他们对别人的兴趣远远超过自身，唯恐别人过得舒心，那是他们非常痛苦的事。我真的是不能理解他们，想不透他们想要的到底是什么。反正大院人，都像讨厌听灰喜鹊的叫声一样，厌恶跟"三脚鸡"说话，一见到她的身影就赶紧闪人。不过伊不以为耻，反而转换了另一种"迂回战术"，通过接近各家保姆来打探其主家的隐私，何其可怕也！

【啄木鸟】

我于鸟类学真是无知，不知道啄木鸟会不会发出叫声？但我听过它们啄木头的声音，"磕、磕、磕、磕、磕、磕……"敲梆子似的一串连音响过，之后还有余音。小时候读童话书，啄木鸟的身份是"大叔"，便以为它有多大个儿，起码也像老鹰那么高大吧？谁想，直到多少年之后，我都长成大人了，才在某一天的某一刻，在开着的窗子前，突然听到一阵"磕、磕、磕、磕、磕、磕……"，抬头一看，有一只比鸽子还小一些的瘦鸟，正在外面的大洋槐树干上坐着呢，它有花冠毛，长长的喙，身上的羽毛是花的，有白色、橘色、黑色，自然流畅地组合在一起，还有一顶红冠子，随着它转动身体，美丽的图案不停地转换。一道灵感的亮光突然划过我的脑际，啊，这就是传说中的啄木鸟吧？这只啄木鸟的家似乎就安在我们大院里，此后，我又好几次看见它，每次都是在用力地"磕、磕、磕、磕、磕、磕……"不由得又想起小时候的童话书，那上面说，在树林里，啄木鸟大叔是最勤快的"劳动模范"。

【布谷鸟】

也许，布谷鸟是中国传统诗词里写得最多的鸟儿吧？但一般没有直接写成"布谷鸟"的，而是写作"杜鹃""子规""杜宇"，为什么？

有典出自史书《蜀王本纪》：约在公元前666年，杜宇称帝于蜀地，号"望帝"，后来他认为宰相鳖灵的能力比自己强，把国家交给他打理将会是万民之福，就主动禅位，自己去了西山隐居修道。谁知鳖灵坐上王位之后，不仅把国家治理得乱七八糟，还霸占了望帝的妻子和女儿。望帝心急如焚地赶回都城,想奉劝鳖灵回心转意,但城门紧闭,根本不让他进城。望帝只得郁郁寡欢地回到西山,日夜掩泪痛哭,不久就因伤心过度断了气。死后的望帝化作一只杜鹃鸟,望着远处的都城哀声啼鸣,昼夜不止,发出的声音极其哀切,所以叫"杜鹃啼归",简称"子规";它甚至常常啼出一片片红红的鲜血来,滴到大地上,化作一片片杜鹃花……还有另一个传说版本:也是在古蜀国,国王杜宇勤勉治国,爱子爱民,常常跟老百姓一起下田劳作。他死后仍然心系百姓,变为一只杜鹃鸟,每到春季便叫人们"布谷!布谷!布谷!",啼得嘴里流出鲜血,染红了漫山的杜鹃花……这两个传说殊途同归,便是成语"子规啼血"的来历。

悲剧性的伤怀本是文学的最热度题材,故此,古往今来,有关"子规啼血"的诗词数不胜数,比如王维"万壑树参天,千山响杜鹃";李白"又闻子规啼夜月,愁空山";李商隐"庄生晓梦迷蝴蝶,望帝春心托杜鹃";苏轼"萧萧暮雨子规啼";秦观"杜鹃声里斜阳暮";文天祥"从今别却江南路,化作啼鹃带血归"……

布谷鸟的叫声很大,有时在屋子里安静读书,便能听见一声声地从外面传来,其音疾疾,其情切切,直催得人放下书,去到窗前张望。但可惜,它总是藏身在白云深处,只能闻其声,不得见其影。我也曾多少次在大院里蹀躞,想与它们碰个面,哪怕只交流一个眼神也好,哀乎哉直到今日,没有缘分得见它们的真容。

【老鹰】和【老雕】

小时候在大院里疯玩时,常常突然被一个疾音提醒:"快看,老鹰!"男孩、女孩便一起停下手里的各种忙活,抬头去寻找老鹰。就见当空有个矫健的"一"字,忽上忽下,忽远忽近,飘移在蓝色的高天上,自由自在,相当傲然。便把我们一帮孩子羡慕得纷纷乱喊:"大老雕!大老雕!"

其实,老鹰与老雕还是有区别的:老鹰叫鸢,"纸鸢"是风筝的别名,顾名思义,可想而知;老鹰一般捕食兔子、田鼠、小鸡等一类小型动物,有个著名的儿童游戏"老鹰捉小鸡"即为印证,不然它为什么不叫"老鹰捉母鸡"或"老鹰捉雄鸡"呢?老雕是比老鹰还要大而凶悍的猛禽,是人们心目中真正的"雄鹰",它们甚至能猎取鹿、山羊、狐狸等比它们自身的体形还大、还重的大型兽类,可称得上是真正的"空中霸王"。

一般我们在城市里看到的,基本都是老鹰而非老雕,可是,大院孩子都爱管老鹰叫"大老雕"。可惜,现在已经看不见了,大老雕们都飞走了!

【麻雀】【乌鸦】【鸽子】

没飞走的,最常见到的是这三种鸟——麻雀、乌鸦和鸽子,不知道它们是在忍辱负重地坚守阵地,还是厚颜无耻地苟且偷生?

麻雀是最大的冤案,曾经与老鼠、苍蝇、蚊子为伍,被统称为"四害",被人必欲除之而后快。其罪名是吃掉大量粮食,与老百姓争食——现在想想,也是真滑稽,中华煌煌五千年,难道在什么朝代养不起小小麻雀而必须让它们闭嘴?说实在的,麻雀现在也真没什么好待遇,印象深刻的是一个光秃秃的冬日,我在大院的石板甬道上走着,忽然飞来一只小麻雀,就落在我面前的地上。我一看,不由得"扑哧"笑了,问它说:"小东西,你怎么这么脏啊?"一冬天没下雨雪,它就跟一颗小黑煤球似的,身上的羽毛几乎都看不出色儿来了,还又小又瘦,也真是可怜!

乌鸦是人见人恶的鸟儿，不在于它们是益鸟还是害鸟，而在于它们长得太难看，在这个越来越重颜值的时代，尤其不招人待见。其叫声又是最难听，有时候你正好好走着路，它不远不近地突然在你脑袋上怪叫几声"啊！啊？啊——"，能把你吓一个激灵。说来特别奇怪，很多鸟都"啊"，很多走兽也"啊"，可谁都没有乌鸦那一声声怪叫瘆人——乌鸦的"啊"是明显带着丧气的，就像是从地狱里传上来的鬼叫，立刻就能使人联想到黑色、阴暗、肮脏、祸端、不祥……用北京话说，它们就是"丧梆子"，谁遇见谁倒霉。尤其是在暮色苍茫的傍晚时分，它们会成群成群地、成大群成大群地在半空盘旋，一边不停地、蛮不讲理地、混不吝地"啊！啊？啊——"此刻，再好脾气的人也都加快脚步，缩起头，想要赶紧离开那是非之地——对啦，就是"是非"二字：比起猫头鹰是凶枭，乌鸦还不是黑老大，也就算是个"小人"吧？不过，小人不可得罪，他们比真正的敌人还可怕，你若不小心得罪了小人，得，大祸来了，他们会片刻也不放松地缠斗你，死缠烂打，没完没了，咱们干正经事的人可真没工夫陪啊！

现在的鸽子似乎只剩下了圆滚滚、胖乎乎的形象，加上饭店里动不动就"烤乳鸽"，仿佛它们就仅仅成为了美味佳肴。过去，鸽子可不是这德行，它们与人类伴居已经有上千年历史了。《圣经》里第一次提到鸽子是《旧约》里诺亚与和平鸽的故事：诺亚方舟停靠在亚拉腊山边，洪水过后，诺亚把一只鸽子放出去，要它去看看地上的水退了没有？由于遍地是水，鸽子找不到落脚之处，只好飞回方舟。七天后诺亚又放鸽子出去，黄昏时分，鸽子飞回来了，嘴里衔着橄榄叶，很明显是从树上啄下来的。诺亚由此判断，地上的水已经消退。后世的人们就用鸽子衔橄榄枝来象征和平。在后来的年深日久里，鸽子曾长时间被人类派出承担通信任务，曾屡立奇功。中国也是养鸽古国，隋唐时期在广州等地，已开始用鸽子通信……

不过现在，人类的通信手段实在是太发达了，什么互联网、短信、微信，3G、4G、5G，科技越来越神通，绝对不劳驾鸽子了，于是它们只剩下两个功能：卖萌和被吃——吼，忘恩负义的人类哦，当太平盛世时，鸽子是我们观赏的宠物；一旦"禽流感"来了，就远避它们而不及，完全都是从我们自身出发想问题，这也太自私自利了！

2018年2月16日初稿，2月17日定稿